COLLECTION QUAI VOLTAIRE

COMMENT
JE SUIS DEVENUE
DUCHESS GOLDBLATT

Anonyme

COMMENT JE SUIS DEVENUE DUCHESS GOLDBLATT

Traduit de l'anglais (États-Unis) par
Laura Derajinski

Titre original : *Becoming Duchess Goldblatt.*
Houghton Mifflin Harcourt.

Tableau reproduit page 179 (détail) :
Frans Hals, *Portrait d'une dame âgée.* © Bridgeman Images.

editionslatableronde.fr

Pour M.

Ceci est une œuvre de non-fiction.
Certains noms et détails caractéristiques ont été modifiés.

Cessez de me harceler, les enfants.
Vous n'avez pas besoin de tout savoir.

I

J'ai dû dormir dans une position bizarre, les amis.
J'ai le corps du texte courbaturé.

Quand tout part en fumée, pour ainsi dire, rien ne vous garantit que les gens resteront à vos côtés et vous aideront à balayer les cendres. Ce n'est pas le genre de discours auquel mon éducation m'avait préparée. D'accord, il y avait le risque que Lucy et Ricky dans *I love Lucy* divorcent – les deux lits séparés, quand on y pense, étaient un indice et Ricky s'était montré un vrai facho en la virant de son numéro de night-club débile –, mais il allait de soi que Lucy aurait toujours son Ethel Mertz. Au cours de cet instant de destruction subite qui a été le mien, j'ai appris dans la douleur que les renforts n'étaient pas en chemin. Lorsque j'ai tout perdu – mon Ricky, mon Fred et mon Ethel, le night-club et l'orchestre, même mon boulot dans la chaîne de production de la chocolaterie –, j'ai découvert que la ramure protectrice des arbres au-dessus de ma tête avait disparu, et que j'étais seule.

C'est journée d'ouverture à Crooked Path!
Ça sent le début d'une nouvelle et sublime saison
de micmacs, mes très chers.

Je faillis sortir de la route en voyant le nom de Frank Delaney apparaître sur mon téléphone. J'avais rencontré cet auteur irlandais un ou deux ans plus tôt, par le travail, et nous avions aussitôt sympathisé, mais il n'y avait aucune raison pour qu'il me rappelle ainsi à l'improviste. Frank était romancier et journaliste à la BBC, et charmant – la National Public Radio l'avait d'ailleurs baptisé « l'homme le plus éloquent du monde » – mais je fus à nouveau estomaquée par sa gentillesse, sa sincérité, sa compassion. Nous ne nous étions rencontrés qu'une fois et il avait envoyé un cadeau à mon petit garçon : un exemplaire du *Guide pratique des papillons d'Amérique du Nord*, de Kaufman.

Frank avait un regard affûté et une oreille de conteur. Il avait interviewé des milliers de personnes au cours de sa décennie d'émissions radiophoniques, depuis le prince Charles jusqu'à Alan Greenspan, et son savoir-faire était indéniable : du peu de temps que nous avions passé ensemble, il avait réussi à déduire l'histoire complète de ma vie. J'ignore encore comment il y était parvenu, comment il avait pu percevoir tant de choses, aussi vite.

« Ça va ? me demandait-il à présent. Vous allez bien ? J'espère que vous avez appris à ne plus mettre les gens à distance. »

Je garai ma voiture sur un parking d'église désert.

« J'essaie, Frank, dis-je. Merci de poser la question.

— Quelles sont les journées les plus difficiles pour vous ?

— Les dimanches.

— Alors voilà ce que vous allez faire le dimanche : prenez des cours de français. Des cours de danse. Des cours de piano. Plongez dans les plaisirs intenses du latin et du grec. Fixez-vous une activité par heure. Remplissez votre journée.

— D'accord. Merci.

— Ça s'arrangera avec le temps, affirma-t-il.

— Très bien.

— Et comment va votre fils ?

— C'est très gentil de me le demander. Il a déjà huit ans, imaginez un peu. » Je sentais ma voix trembler. « On fait au mieux. On va s'en sortir.

— Quand vous n'avez personne pour vous enlacer, alors enlacez-vous vous-même, dit Frank Delaney. Vous y arriverez ?

— Je vais essayer, Frank. »

Mais je ne savais pas comment faire.

> Je cherche un objet brillant à vous montrer parmi les déchets, mes zigotos. Un fragment de verre poli par la mer, peut-être. J'essaie.

Je me souviens d'un jour, à cette époque, où je traînais au boulot sans grand-chose à faire. Je travaillais comme auteure et éditrice dans une maison d'édition lancée des décennies plus tôt par des universitaires, et cette entreprise locale chère à notre cœur avait été récemment rachetée par une compagnie étrangère qui comptait la démanteler et la revendre en pièces détachées. Environ quatre cents collègues avaient déjà été licenciés. Nous autres, la poignée d'employés autorisés à rester encore un peu, avions quelques projets à boucler ici et là, si nous y tenions, ce qui était le cas. Nous voulions au moins terminer le travail entamé. Le bail n'était pas encore arrivé à son terme, alors nous restions dans les locaux, pareils à des billes qui roulaient et ricochaient dans un bâtiment vide. Les bureaux et les fauteuils étaient empilés du sol au plafond, et des cartons de dossiers délaissés avaient été abandonnés dans les salles de conférences obscures.

J'arpentai les couloirs en quête de café et tombai sur un type de la nouvelle maison mère dans la salle commune. Nous restions plantés là en silence, à attendre que le café passe, et il finit par se racler la gorge.

« Vous savez, généralement quand on arrive dans ce genre de boîte avec l'intention de tout nettoyer, on commence à regarder dans le détail et on découvre l'étendue du désastre, l'hémorragie financière, dit-il. La mauvaise gestion qui a tout fait flancher. Mais cette boîte, continua-t-il en secouant la tête, c'est une tragédie américaine. C'était une belle structure. Très, très bien gérée. Des marges solides. Des employés impliqués. Vraiment très impliqués, j'insiste. »

Il semblait surpris. Je ne lui offris pas la satisfaction de lui confirmer qu'il avait raison. Ç'avait été une très belle structure. Et bien évidemment que nous étions impliqués. Je soutins son regard en silence jusqu'à ce qu'il tourne les talons et quitte la pièce.

Le peu d'entre nous qui avaient eu la chance d'être encore là savait que ça ne durerait pas. Il allait falloir trouver un nouvel emploi. La plupart de nos clients avaient quitté le navire à la première voie d'eau, et il ne nous restait pas assez de travail pour occuper une journée entière. Nous persistions pourtant à venir chaque matin, surtout pour avoir un endroit où aller.

« Montre-moi comment créer un compte sur les réseaux sociaux », déclarai-je un jour à ma copine et collègue, Naomi, tellement je m'ennuyais. J'étais allongée sur son bureau, les yeux rivés au plafond. « Je ne m'y suis jamais inscrite. J'ai l'impression de louper quelque chose.

— Tu ne loupes rien du tout, dit-elle. Il y a tous les gens que tu n'as pas revus depuis le lycée qui publient des photos de leurs gamins. Beaucoup de fonctionnaires libéraux qui bizarrement se plaignent de payer leurs impôts.

— Je serais curieuse de voir ce que fabriquent ces gens. Du moment qu'eux ne peuvent pas me voir.

— Si tu es connectée, ils peuvent te voir, dit-elle. C'est réciproque. C'est tout l'intérêt du truc. Ce n'est pas pour rien qu'on les appelle les réseaux *sociaux*.

— Peut-être, mais j'ai l'impression que ce n'est pas le moment de m'afficher en public », dis-je avec un geste de la main en direction du couloir, signifiant la rue dehors, la ville, le monde.

Elle acquiesça. Naomi connaissait les grandes lignes de mon histoire et pouvait donc comprendre ma réticence à en faire étalage. Elle et moi avions appris à nos dépens que les juges aux affaires familiales et les avocats spécialisés dans le divorce sont rarement les premiers à apprécier une bonne partie de rigolade.

« Tu pourrais me créer un compte anonyme ? demandai-je.

— Anonyme ? Tu veux dire bidon ?

— Non. Je ne veux pas mentir. Je ne veux surtout pas piéger qui que ce soit, répondis-je. J'imagine un compte clairement fictif. J'utiliserais un pseudonyme. Je ne publierais rien. J'écouterais simplement ce que les autres ont à dire.

— Ce serait quoi, ton nom de plume ? »

Je réfléchis un moment.

« Tu connais ce jeu de soirée qui te permet de découvrir ton nom de drag-queen ? Tu prends le nom de ton premier animal de compagnie en guise de prénom, et pour ton nom de famille, tu prends celui de jeune fille de ta mère.

— Je croyais que c'était le prénom de ton premier prof de sport et le nom de ta rue d'enfance.

— C'est une déformation du jeu, si tu veux mon avis, mais oui. Le principe est le même.

— Tu ne peux pas utiliser le nom de jeune fille de ta mère, dit-elle. Les gens de ton entourage risquent de le reconnaître.

— Bien vu. Je ne vais pas le prendre. C'est quoi, le nom de jeune fille de la tienne ?

— Didion.

— Déjà pris, renâclai-je.

— Tu ne crois quand même pas que je vais te laisser utiliser son vrai nom ? Cherche encore.

— OK. J'en ai un, le plus drôle que j'aie jamais entendu. Celui d'un vieil ami à moi. Son premier chien était un labrador noir qui s'appelait Duchess, et le nom de jeune fille de sa mère, c'était Goldblatt.

— Duchess Goldblatt.

— J'adore ce nom. C'est drôle à prononcer. Et on dirait que c'est inventé, les gens comprendront d'emblée que ce n'est pas une personne réelle.

— D'accord. Ensuite, il te faut une photo qui aille avec le nom. »

J'aimais l'idée d'une personne réelle qui ne le soit pas vraiment, aussi effectuai-je une recherche avec les mots-clés *dame âgée marrante.*

« Elles dégagent toutes de mauvaises ondes. Elles sont trop ringardes, dis-je. Je veux qu'on sache au premier coup d'œil que c'est un personnage fictif. »

Je modifiai les termes de ma recherche, *dame âgée.*

Une des premières images à s'afficher était celle

d'une peinture à l'huile de l'âge d'or néerlandais. La légende qui l'accompagnait m'indiquait qu'il s'agissait d'un tableau de 1633 par Frans Hals, intitulé *Portrait d'une dame âgée*, et qu'il était exposé à la National Gallery de Washington.

Le sujet est représenté dans une tenue formelle du XVIIe siècle : robe noire, fraise rigide et empesée autour du cou, coiffe blanche modeste sur une chevelure clairsemée, un livre à la main suggérant qu'elle est instruite. Ses lèvres sont pincées mais elles affichent un sourire doux. On distingue une étincelle dans ses yeux, une légère insolence qui laisse penser qu'elle avait un esprit espiègle. Ce devait être une femme quelque peu fortunée. Au premier regard, je lui donnais quatre-vingts ans, avec ses rides et sa silhouette de matrone, son attirail du XVIIe siècle bien boutonné, mais le texte explicatif m'informa qu'en réalité, elle avait une soixantaine d'années lorsqu'elle avait posé pour le tableau. Son vrai nom s'est perdu dans les dédales de l'histoire mais son portrait serait le deuxième élément d'un diptyque, sans aucun doute associé à celui de son époux.

Je tombai aussitôt amoureuse d'elle.

« Elle est parfaite. C'est elle, dis-je. Regarde son petit visage adorable, l'étincelle dans ses yeux. Elle a l'air d'avoir le sens de l'humour. C'est elle, Duchess Goldblatt.

— Elle est super, dit Naomi. Mais dès que tu commenceras à t'abonner aux uns et aux autres, les gens verront qui sont tes amis et te démasqueront en deux secondes. Tu tiens absolument à rester anonyme ? »

J'analysai la question. J'avais récemment emprunté plusieurs milliers de dollars pour payer l'avocate de mon divorce. Elle aimait mettre les mains devant sa bouche en forme de mégaphone afin de me crier dessus plus fort.

(« Réveillez-vous et ouvrez un peu les yeux ! » me hurlait-elle. « Arrêtez d'être aussi bête ! ») J'avais vendu mes bijoux. J'avais sous-loué une chambre à un pensionnaire. Des inconnus épluchaient mes comptes bancaires, mes relevés de cartes de crédit, mes déclarations de revenus, mes reçus, mes décisions, mes choix, mes motivations, mon intégrité, et mon cœur. J'avais perdu ma famille, mes proches, mon gagne-pain, et j'étais sur le point de perdre mon logement.

Mes amis, des gens que je connaissais depuis l'enfance, m'avaient tourné le dos et avaient disparu. Les amis de mon mari et son entourage s'étaient éloignés au moment de la séparation – même ceux qui semblaient sincèrement attachés à moi –, mais c'était également le cas dans mon propre cercle : mes amies, celles qui m'étaient chères, les femmes que ma grand-mère aurait appelées des *copines de cœur*. Certains de mes proches n'avaient jamais été convaincus par mon choix de mari, mais maintenant ils m'en voulaient de foutre ma vie en l'air. Comment avais-je pu me montrer aussi négligente ? Les hommes peuvent être négligents, pas les femmes. Les femmes doivent maintenir la planète en équilibre, sans quoi la structure tout entière risque de partir en vrille.

(« Tu es sûre de ton coup ? m'avait demandé une amie le jour de mon mariage.

— Oui, évidemment que j'ai envie de me marier », avais-je répondu.

Elle avait levé les yeux au ciel et renâclé. « Je ne dirais pas vraiment que tu vas te marier, plutôt devenir la mère célibataire d'un môme de sept ans. » Elle estimait que je m'engageais à vie avec un boulet plutôt qu'avec un partenaire. J'avais ri. Et raconté cette anecdote des années durant. Je croyais qu'elle plaisantait. Avec le recul, il est possible que je n'aie jamais rien compris.)

J'avais des ambitions très modestes dans la vie. Je voulais me marier, et je voulais un enfant, un seul – j'avais rêvé d'être fille unique ; une fratrie, avais-je toujours estimé, était le pire coup bas qu'on puisse infliger à un gamin. Le mariage signifiait tout à mes yeux. Il signifiait que j'avais traversé les eaux troubles de l'enfance et jeté l'ancre à bon port : une famille, une maison, une personne qui s'était volontairement attachée à moi.

J'essayai d'exprimer cela dans une lettre pleine de gratitude et de bonheur adressée aux amis présents lors d'une fête d'anniversaire qui célébrait une année charnière de ma vie. Quelle importance, si j'avais organisé cet événement pour moi-même ? Cela m'était égal. Je n'avais encore jamais eu de fête d'anniversaire. Et j'avais organisé ma propre baby shower lorsque j'étais tombée enceinte, quand il était devenu évident que personne ne le ferait pour moi. Et même si vous l'organisez pour vous-même, ça reste une fête, pas vrai ? On n'a pas toujours ce qu'on veut, dans la vie. Lucy n'a jamais participé au spectacle du night-club. Ethel méritait mieux que Fred. Et oui, Lucy et Ethel ont été virées de la chocolaterie, mais c'était un boulot pourri, de toute façon.

Notre couple était-il heureux en mariage ? C'est ce que je croyais. Mon ex-mari dit que non. J'imagine que cette divergence de points de vue vous explique tout ce qu'il y a à savoir. Je me souviens comme j'étais effondrée en apprenant qu'il voulait divorcer. Nous venions d'emménager, quelques semaines plus tôt, dans une maison immense. Les cartons n'étaient pas encore déballés. Tout ce que j'avais trouvé à dire, c'était : « Pourquoi ? » On venait de me tirer le tapis de sous les pieds, et le plancher aussi, et les fondations, le sol, la terre, et même le noyau de fer et de nickel au centre de la planète, avec ses cinq mille degrés, était un peu ébranlé.

La raison qu'il m'avait donnée, c'était que j'avais acheté trop cher notre nouveau canapé.

« Mais tu ne peux pas retourner le canapé au magasin ? m'avait demandé ma belle-mère au téléphone dans un sanglot.

— Je pourrais, avais-je répondu. Mais je ne pense pas qu'il s'agisse du canapé.

— Il nous a dit que tu avais pris la décision d'acheter un canapé dont il ne voulait pas.

— Il était avec moi. On l'a acheté ensemble.

— Rapporte le canapé. Il ne l'aime pas.

— J'entends bien ce que vous dites. J'ai l'impression qu'il y a autre chose que le canapé. »

Les gens s'étaient efforcés de rester neutres et de nous ménager leur amitié à tous les deux, mais ils n'allaient pas s'en tirer comme ça. Mon mari voulait une séparation nette : couper les ponts avec moi et tous ceux qui continueraient à me témoigner leur amitié. Tout le monde avait dû choisir son camp. Les gens avaient commencé à se détacher de ce triste désastre, un par un, deux par deux. (Ça ne peut pas être le canapé ! Qui divorce à cause d'un canapé ? Et ils viennent d'acheter une maison ! Il lui a toujours été d'une dévotion absolue. Elle a dû faire quelque chose mais il ne nous dit pas quoi.)

« Votre maison est trop grande, me dit mon avocate. Vendez-la.

— Je comprends, mais nous venons d'y emménager. Je ne peux pas déraciner mon fils, lui imposer un déménagement de plus.

— Bien sûr que si. À quoi vous aurait servi une aussi grande maison, de toute façon ?

— Mon mari a une famille très nombreuse. Nous pensions organiser de grands dîners à Thanksgiving et d'immenses fêtes à Noël, recevoir beaucoup de monde en permanence. Au dernier dîner de Noël, nous étions soixante-dix convives.

— Voyez le bon côté des choses. Maintenant, vous n'êtes plus obligée de cuisiner pour soixante-dix personnes.

— Mon fils a besoin de stabilité, lui dis-je. Tous ces changements lui sont difficiles. Et il faut faire une tonne de travaux dans la maison. Nous avions prévu de la rénover au fur et à mesure. Elle intéressera qui, maintenant, à part un combinard en quête d'une bonne affaire ? Je ne peux pas garder la maison encore un an ? »

Elle réfléchit. « Votre mari veut retirer son nom de l'emprunt. Si vous trouvez un moyen de la garder un an à vous seule avant de la revendre, alors d'accord. » Elle remplissait un stylo-plume sophistiqué à l'aide d'un petit flacon d'encre. Qui fait encore ce genre de chose ? songeai-je. Elle va se mettre de l'encre plein les doigts. Je ne pouvais détacher mon regard de ses phalanges, ce qui était peut-être le but même de ce stylo ridicule. Elle arborait des bagues serties de diamants gros comme des jetons de Scrabble.

« J'exerce ce métier depuis presque quarante ans, continua-t-elle. Laissez-moi vous dire une chose. Les maris ne quittent pas leur femme à moins d'avoir déjà trouvé une copine.

— Eh bien, ce n'est pas le cas avec nous, je peux vous l'assurer.

— C'est ce que vous croyez ?

— Je le sais. »

Elle tapota son stylo contre les feuilles étalées sur son bureau et ralentit son débit de parole pour accentuer l'effet dramatique.

« Faites-moi confiance. Les maris ne quittent pas leur femme à moins d'avoir la suivante en ligne de mire.

— Non, dis-je. Pas cette fois. Pas chez nous. »

Elle émit un grognement. Ferma les yeux et se massa les tempes, indiquant que ma stupidité était son plus lourd fardeau dans la vie.

« C'est ainsi que les femmes sombrent dans la pauvreté. »

> Sur la tombe de leurs ennemis, les gens dansent
> plutôt à la Martha Graham. Moi, j'aime le flamenco.
> Je veux que l'âme des défunts le sente.

J'avais donc un an : un an à peindre, rafistoler, nettoyer, jardiner pour faire de cette vaste bâtisse des années 1950 une maison moderne et la revendre, afin de nous donner une chance à mon fils et à moi de reprendre haleine, avant de repartir de zéro et de l'inscrire en maternelle. Je pensais que les gens se mobiliseraient autour de moi mais ce ne fut pas le cas, et je ne comprenais pas pourquoi.

Je me souviens d'avoir dit à une amie de longue date : « Je suis en pleine crise. Là, j'ai besoin de toi.

— J'entends que tu es en pleine crise, avait-elle rétorqué, mais ce n'est pas à moi que tu as passé ton premier coup de téléphone quand tout s'est écroulé, et ça m'a beaucoup blessée.

— Je ne me rappelle pas avoir téléphoné à qui que ce soit, lui dis-je. J'étais en état de choc. Je paniquais.

— Tu as envoyé un texto à ta *voisine*, en lui demandant de m'appeler, avait-elle dit, furieuse. Tu imagines à quel point c'était gênant ? Tu la connais à peine. Toi et moi, ça fait vingt-cinq ans qu'on est amies. J'étais témoin à ton mariage.

— Je suis désolée. Tu pourras me pardonner ? Est-ce que je suis horrible au point de mériter tout ça ? »

Elle avait semblé réfléchir à la question. « Je ne sais pas, avait-elle fini par répondre. Ton mari affirme que oui. Je me considère personnellement comme une femme horrible. Peut-être que tu l'es, toi aussi. »

> Si vous vous sentez amer, roulez-vous dans un tonneau de gros sel et, une fois en croûte, mettez-vous à égoutter dans une passoire.

À l'époque où je discutais stratégie des réseaux sociaux avec Naomi, je me prenais beaucoup de remarques, disons, de la part d'une troupe hétéroclite de râleurs mécontents et importuns, bien plus qu'on pourrait en attendre ici bas de la part d'une troupe hétéroclite de râleurs mécontents et importuns. Alors voulais-je vraiment garder l'anonymat sur Internet ?

Naomi lut l'expression de mon visage. Elle acquiesça.

« Je compatis, affirma-t-elle. N'en dis pas plus. Tu n'as pas envie qu'un sac à merde chiant et lâche regarde ce que tu publies sur les réseaux sociaux et se mette à chouiner. »

C'était une chic fille, celle-là. Vous comprenez pourquoi j'avais pris l'habitude de m'allonger sur son bureau.

« D'accord. On préserve ton anonymat, ajouta-t-elle. Il faut juste réfléchir à la façon de s'y prendre.

— Et si les premières personnes que je demandais en

amis étaient totalement étrangères les unes aux autres, et très éloignées de moi ? proposai-je. Dans ce cas, même en remontant la piste jusqu'au début du réseau, on ne pourra jamais me désigner comme le point central. On ne réussira qu'à dessiner une spirale autour de moi. Comme si je n'étais pas là. »

Elle hocha la tête.

« Ouais. Peut-être. Si tu t'assures qu'ils ne se connaissent pas du tout. S'ils n'ont aucun rapport entre eux, ni aucun lien avéré avec toi. »

Je sélectionnai une poignée de gens qui me semblaient susceptibles d'accepter n'importe quelle demande d'amitié afin de tisser un ample réseau. Des gens que je connaissais sans les connaître : des villes différentes, des relations différentes, des inconnus les uns pour les autres. Les deux ou trois potes réels avec qui j'espérais reprendre contact n'avaient aucune raison de soupçonner qu'il s'agissait de moi. Ils ignoraient qui était Duchess Goldblatt et ils ne reconnaîtraient aucun de ses autres amis.

Quelques jours plus tard, en proie à la solitude et à l'ennui, j'entrepris d'étoffer son profil. Duchess avait quatre-vingt-un ans, décidai-je, et elle était veuve. Cela paraissait plutôt réaliste ; j'avais l'impression d'avoir quatre-vingt-un ans au plus profond de mon être. (Je me sentais vieille de quatre cents ans dans mon cœur, mais j'avais conscience que ce serait un âge plus compliqué à justifier et de toute manière je ne suis pas très versée dans le réalisme magique.) Je songeai qu'elle devait être mère ; je lui attribuai donc une fille de cinquante-sept ans prénommée Hacienda. Son premier époux était mort mais Duchess avait eu beaucoup de compagnons, quelques ex-maris, quantité d'admirateurs. Elle était auteure, décidai-je. Une auteure connue et adorée, sans doute une des voix les plus importantes des lettres américaines. Ses livres étaient des best-sellers, notamment le chef-d'œuvre qu'étaient ses mémoires familiaux, *Quelques comptes à régler*, et sa contemplation réconfortante des relations mère-fille, *Pas si je te tue d'abord.*

> J'envisage de trouver un amant. Vous en auriez un qui traîne quelque part? Vérifiez dans les tiroirs, l'armoire à linge et sur le piano.

Ma vie était maussade, à cette époque. Mon avenir incertain – un truc moche, pour le moins – mais plus je pensais à Duchess Goldblatt, et plus je riais. Et quel plaisir de constater que les gens semblaient vouloir rire avec moi. Je n'avais jamais écrit de textes humoristiques. Je n'avais même jamais essayé. Mon mari m'avait répété pendant quinze ans que je n'étais pas drôle. (« Tu me trouves drôle ? » lui demandais-je parfois. « Non, pas du tout, répondait-il. Tu es méchante. » J'avais toujours cru qu'il me taquinait, jusqu'à ce qu'il franchisse la porte de façon définitive. J'avais alors pensé : Waouh. Il ne blaguait pas.)

Un jour, assise à la table de la salle à manger, je réalisai qu'il fallait bien que Duchess soit originaire de quelque part, aussi affirmai-je qu'elle était native de Klein, au Texas, et je lâchai un petit rire dans la pièce déserte. Personne autour de moi ne saisirait cette référence, et je ne l'incluais que pour mon propre plaisir : un petit clin d'œil à l'univers et un salut à Lyle Lovett, chanteur, compositeur, musicien, gagnant de multiples Grammy Awards, acteur ; depuis longtemps mon préféré parmi mes préférés, et le plus célèbre natif de la ville de Klein.

Au départ, je n'avais rien prévu de faire avec Duchess, si ce n'était de traîner ici et là, d'écouter, mais je me suis prise au jeu, c'était amusant de poster des commentaires sous les publications des autres. Duchess disait des choses que je n'aurais jamais pu dire. Dans la vie réelle, j'étais une professionnelle sérieuse, avec un enfant et des factures à payer, en quête d'un emploi correct dans un domaine compétitif; je ne pouvais pas me permettre de parader et d'écrire des absurdités sur les réseaux sociaux.

Mais Duchess, si. Elle parlait à tout le monde. À quatre-vingt-un ans, elle se considérait comme une des plus grandes beautés internationales – pas simplement une beauté, mais une bombe sexuelle d'envergure planétaire et une icône culturelle – et elle flirtait avec n'importe qui. Elle affichait des opinions tranchées; elle avait confiance en sa propre autorité. Incarner Duchess offrait un grand sentiment de sécurité. Je pouvais être amicale et sociable sans courir le risque de me lier d'amitié. Je ne voulais pas d'amis. J'en avais déjà eu quelques-uns, pour tout le bien que ça m'avait fait, et je n'avais aucune intention de revivre les mêmes expériences.

> La seule façon de s'assurer que le héros
> gagne le cœur de la fille à la fin de l'histoire,
> c'est d'être à la fois le héros et la fille.

Je demandai un jour à une psychologue comment il était possible que tant de personnes dans ma vie m'aient malmenée ou m'aient abandonnée quand la tempête faisait rage. Quelle était la probabilité que mon entourage soit composé d'autant de personnes brutales, négligentes, et, comme j'avais pu le découvrir a posteriori, nourrissant secrètement une haine à mon égard et n'attendant que la première occasion de retourner leur veste ?

« Elle était assez élevée… répondit-elle. Regardez les gens que vous choisissez. Vous vous êtes donné du mal pour trouver les personnes qui vous maltraiteraient. Il est rare que les gens parviennent à cacher leur vrai visage. Analysez vos relations au fil des vingt dernières années. Il devait y avoir des signaux d'alerte pour vous indiquer que ces personnes-là ne vous apporteraient jamais leur soutien. Et pourtant, vous leur avez consacré votre vie. Vous les avez choisies. Il faut vous demander pourquoi.

— Je ne crois pas que je choisisse consciemment des gens brutaux, dis-je. Je n'ai pas cherché à me retrouver dans cette situation. Personne ne le ferait. Personne n'a envie d'être traité de la sorte.

— Ah non ? »

Les psys, franchement. Ils ne vous donnent jamais la réponse, même quand ils la connaissent. Ils vous laissent toujours la trouver par vous-mêmes.

« Non, rétorquai-je. Pourquoi je voudrais une chose pareille ? Je ne suis pas idiote. Je ne cherche pas à être malheureuse. Je dirais plutôt que je suis en quête de gens attentionnés, de gens qui m'aiment. De gens bien.

— Ils le sont peut-être. Peu importe. Le problème n'est pas là. Concentrons-nous sur vos choix.

— Ça vient donc de moi. Je suis le dénominateur commun. Je suis un aimant qui attire les individus horribles.

— Vous êtes très premier degré. Tâchez d'imaginer que vous êtes une personne profondément bonne, qui fait de son mieux. Et dites-vous que c'est le cas pour tous les autres. »

J'affichai une expression qui disait AH ! mais je restai muette.

« D'accord, voyons plus petit. Admettons que les gens autour de vous ne soient pas malfaisants, et que l'univers tout entier ne s'acharne pas à vous tendre un piège.

— Dans l'intérêt de la discussion, je suis disposée à vous écouter.

— Pour comprendre ce qui se passe dans la vie de quelqu'un, dans n'importe quelle vie, il faut commencer par examiner les schémas récurrents. On peut envisager une période de crise comme une anomalie puisqu'elle finira par s'estomper, et en un sens, c'en est une. Mais la crise peut parfois servir de loupe et vous révéler ce qui se tramait sous la surface depuis toujours. Regardons un peu votre cellule familiale. C'est le nom que les psys donnent aux personnes qui vous ont entouré dès le plus jeune âge. Votre famille était-elle aimante ? Votre mère était-elle aimante, encourageante ? »

Quelle question impertinente ! (Ma mère me détestait. Mais je trouvais déloyal d'aborder le sujet à cet instant précis.)

« Je ne vois pas le rapport avec ce qui m'arrive, répliquai-je.

— Vous ne voyez aucun lien entre votre mère et les gens que vous avez choisi d'inclure dans votre vie ?

— Non. Personne autour de moi n'a jamais connu ma mère. Ça remonte à des années. Et puis j'avais mon père, et il était extraordinaire. Il m'adorait. Il essayait toujours de compenser ce qui avait pu me manquer. J'en conclus que l'un contrebalance l'autre.

— Les recherches prouvent que les familles n'interagissent pas ainsi.

— Les recherches sont peut-être incomplètes. Les

chercheurs n'ont pas connu mon père. Sans lui, je serais sociopathe, à l'heure qu'il est. C'était un saint.

— Soyons très prudentes dans l'emploi des mots, quand nous travaillons ensemble. Personne n'est un saint.

— C'est faux, rétorquai-je. Les saints sont des saints, par définition. Vous avez déjà entendu parler de saint Druon ? Un de mes préférés. Le saint patron des muets, des malades mentaux et du café. Si ça, ce n'est pas un triumvirat percutant, alors je ne sais pas ce que c'est.

— Bon, très bien, laissons les saints de côté un instant. Pour comprendre ce qui se produit dans nos relations actuelles, et connaître les raisons de nos choix, il est nécessaire de regarder en arrière. Tout prend source dans notre cellule familiale. »

Je lâchai un soupir et regardai par la fenêtre.

Encore eux.

C'est quoi, déjà, la citation de Faulkner ? *Le passé n'est jamais mort. Il n'est même pas passé.*

« La prochaine fois, dit-elle, essayez de trouver un ami émotionnellement équilibré. Essayez de trouver quelqu'un qui soit parfaitement fonctionnel.

— Mais s'ils sont émotionnellement équilibrés et fonctionnels, pourquoi auraient-ils besoin de moi ? »

Elle me dévisagea avec attention pendant une minute.

« Je me demande si vous avez bien saisi la notion d'ami, déclara-t-elle.

— En effet, acquiesçai-je. Ce n'est pas sûr. »

2

> Je dépose parfois vos mots dans un mouchoir avec un brin de lavande et de la menthe, que j'utilise en cataplasme sur mon vieux cœur las.

Quelques personnes de mon entourage finirent par deviner que j'étais derrière ce compte mais ça ne les intéressait pas de nouer des liens avec un personnage fictif sur les réseaux sociaux. Que je perde mon temps à écrire ce personnage était une chose, mais qu'eux perdent du temps à le lire en était une autre. Ils me le dirent tout net. Plusieurs fois.

Je ne peux pas leur en vouloir. La plupart d'entre eux allaient en cours, avaient un boulot ou des enfants et les soucis qui vont avec, ou au moins une pratique sportive régulière et deux ou trois chiens.

Les choses auraient facilement pu en rester là. J'aurais fini par me lasser et j'aurais fait une croix définitive sur Duchess Goldblatt.

Mais un événement inattendu survint.

D'autres personnes, qui m'étaient totalement inconnues, se mirent à manifester un intérêt enthousiaste pour Duchess. Je n'en revenais pas. J'étais auteure professionnelle depuis des années et, comme beaucoup d'auteurs de ma connaissance, j'effectuais des tâches écrites variées : journaliste, éditrice indépendante, rédactrice polyvalente, de dossiers de subventions, de discours, de bilans d'associations artistiques à but non lucratif, correctrice, nègre, et j'en passe. J'ai longtemps estimé que le travail appelait le travail, si bien que je ne refusais jamais une proposition, et puis je voulais que mon mari puisse rembourser ses emprunts étudiants le plus tôt possible. (Un travail d'équipe, en vérité. Un petit prix à payer afin de construire une vie ensemble.) Des années durant, j'avais exercé deux emplois réguliers, sans compter les petites missions que j'acceptais ici et là. En tant que journaliste free-lance, ma signature apparaissait sans cesse dans les journaux, et sincèrement, mon travail était plutôt bon. Mais soyons honnêtes : ça n'intéressait personne de mon entourage.

Je me souviens d'avoir couru après un ami dans la rue en brandissant un long article de fond que j'avais écrit, pour l'inciter à le lire, et d'en avoir plus tard fait une copie que j'avais pliée en un élégant marque-page en origami avant de le glisser dans le livre qu'il lisait, où il ne pourrait pas le manquer. J'avais travaillé des mois sur cet article, à essayer de fabriquer à partir de rien un texte beau et sincère, mais mon ami n'avait jamais trouvé le temps de le lire. Les journaux sont recyclés une semaine après leur parution, les gens passent à autre chose. Et je le comprends. C'est comme ça que ça marche.

Jugez donc de l'ampleur de mon choc quand, sans crier gare, des inconnus se mirent à demander Duchess en amie et à répondre à ses publications. J'ignorais absolument qui étaient ces gens, mais Duchess, dont il ne faut pas oublier qu'elle avait été imaginée comme une auteure célèbre, en vint à la conclusion que ces internautes qui prenaient contact avec elle sur les réseaux sociaux étaient d'ardents admirateurs de ses livres.

Elle leur répondait comme n'importe quel auteur célèbre de quatre-vingt-un ans répondrait à ses lecteurs : avec grâce, gentillesse, parfois d'un ton un peu impérieux, et s'ils écrivaient des propos énervants ou impertinents voire méchants, elle les remettait sévèrement à leur place.

Elle commença à susciter davantage d'attention. Le bouche-à-oreille lui attira de nouveaux « amis ». Je n'avais quasiment aucun ami dans la vraie vie, à cette époque, mais Duchess en avait plein. Elle prenait toujours soin de rappeler aux gens qu'elle était fictive, qu'elle existait seulement sur les réseaux sociaux et que non, elle n'irait pas au concert de leur groupe ni à leur soirée de poésie, qu'elle ne ferait pas un saut à leur fête. Je n'étais jamais conviée nulle part, je n'éprouvais pas une grande envie de quitter la maison, mais Duchess était invitée partout.

« Je suis fictive, mais mon amour est réel », répétait-elle aux gens, encore et encore.

C'était vivifiant, vraiment ; je bénéficiais d'un large cercle d'amis à qui, pour une fois, je ne devais rien et dont, a fortiori, je n'attendrais rien non plus.

Et quand on n'attend rien, on n'a plus jamais l'occasion d'être déçu. J'avais enfin trouvé un moyen de duper le système qui régulait les êtres humains dans ce bon vieux monde fêlé. Si le désir est effectivement à la racine de toutes les souffrances, alors sans désir, sans espoir, ni même d'identité propre, estimais-je, il n'y aurait plus de souffrance.

> C'est terrible de vieillir. J'ai encore perdu un ami
> de longue date, aujourd'hui. J'étais pourtant sûre
> de l'avoir rangé ici, quelque part.

J'étais dans un café un jour avec mon vieil ami et supérieur, Chuck, une des rares personnes à être restée à mes côtés, lorsqu'un autre type de notre entourage, Travis, entra et nous adressa un salut de la main. Depuis l'autre bout de la salle, il s'écria :

« Salut, Chuck ! » Avant d'ajouter avec une élégante petite révérence : « Et bien le bonjour à vous, Duchess. »

Prise de panique, je secouai la tête à son intention. Trop tard. Chuck avait compris. Nous avions travaillé ensemble des années durant. Il avait vu le nom flotter ici et là sur les réseaux sociaux mais n'avait encore jamais fait le rapprochement avec moi.

« Toi ? dit-il. C'est toi, Duchess Goldblatt ?

— C'est un secret, répondis-je. Garde ça pour toi. »

Il leva les yeux au ciel.

« Que je suis bête. Mais évidemment que c'est toi, Duchess Goldblatt. J'aurais dû m'en douter.

— Ne le dis à personne, répétai-je. Quant à toi, ajoutai-je à l'intention de Travis qui approchait une chaise jusqu'à notre table, tiens aussi ta langue. Je ne sais même pas comment tu l'as appris.

— Désolé. Je ne savais pas que c'était un secret d'État. Tu en es à combien d'amis ?

— Presque cinquante, je crois », répondis-je, ce qui nous tira un sourire.

Cinquante amis, c'est plus que je n'en ai jamais eu dans la vraie vie, et ces deux clowns le savaient bien.

« Duchess a reçu une nouvelle demande d'amitié ce matin de la part d'une drag-queen californienne, dis-je. Elle est populaire dans la communauté des drags, étonnamment. Je considère ça comme un immense compliment. »

Travis acquiesça.

« Je vois pourquoi tu es flattée. Les drag-queens ont un haut niveau d'exigence en matière d'humour.

— Je suis presque certaine que beaucoup de gens la prennent pour un mec gay, dis-je.

— Pourquoi donc ?

— Je ne sais pas. Ce n'est pas faute de leur répéter qu'elle est une femme.

— Sans vouloir te vexer… dit Chuck en se penchant vers moi et en baissant la voix. Tu es quand même un peu efféminée.

— Je *suis* une femme.

— Ah oui, c'est vrai. Je l'oublie toujours. Je ne te vois pas comme ça. Comme une femme-femme, quoi.

— Je ne suis pas vexée, abruti, rétorquai-je.

— Maintenant que j'y réfléchis, avança Travis, ça vient peut-être de ta façon de parler.

— Quelle façon ? Pourquoi ? Parce que le monde qui nous entoure est pour moi une source de perpétuel émerveillement ?

— Là, voilà. Exactement, dit-il.

« Je peux être ami avec toi sur les réseaux sociaux ? demanda Chuck.

— Je ne suis pas sur les réseaux sociaux.

— Oh, mon Dieu, tu es ridicule. Bon, d'accord. Avec *elle*. Je peux être ami avec *elle* ?

— Non, je ne crois pas. Tu es infichu de garder un secret, honnêtement, et je ne pense pas que ça lui plairait. Elle est prudente à l'extrême. Elle s'est donné beaucoup de peine afin de préserver son anonymat.

— Comment ça, *elle* ? C'est *toi*, fit remarquer Travis.

— Ce n'est pas moi. C'est une personne différente. Elle vit dans ma tête, rien de plus. »

Travis se pencha au-dessus de la table et baissa la voix.

« Ce n'est pas elle. C'est toi. Tu es Duchess Goldblatt.

— Oui, bon, je le sais très bien, dis-je. Tu nous prends pour une idiote. Elle sait parfaitement qu'elle n'existe pas.

— Tu es insupportable, lâcha Chuck.

— Je peux vous citer cinquante personnes sur le Net qui me trouvent marrante, dis-je.

— Non, c'est *elle* qu'ils trouvent marrante.

— Quand tu as vu son profil, tu as remarqué qu'elle était originaire de Klein, dans le Texas ? demandai-je.

— Non. Pourquoi Duchess Goldblatt viendrait-elle du Texas ? Tu es déjà allée au Texas ? » Il se tut pendant une minute et réfléchit. « Ça a un rapport avec Lyle Lovett ?

— C'est sa ville natale.

— Évidemment. Toi et Lyle Lovett. Comme s'il allait voir un jour ton petit compte avec cinquante amis.

— Ce n'est pas le but. C'est pour moi. C'est une petite blague entre l'univers et moi. J'adresse un clin d'œil et un hochement de tête entendu au soleil, à la lune et aux étoiles. »

Chuck savait que Lyle Lovett était mon chanteur préféré parmi mes préférés depuis longtemps, plus de vingt ans. Un des nombreux concerts auxquels j'avais assisté, une quinzaine d'années plus tôt, s'était déroulé en plein air par une chaude soirée d'été. Le genre de spectacle où l'on peut s'allonger dans l'herbe avec une couverture et un pique-nique, et c'était la première fois que je le voyais accompagné du Large Band et d'une chorale gospel. (Autant vous le dire tout de suite : il ne faut jamais laisser passer une occasion d'assister à un concert de Lyle Lovett et de son Large Band, raison de plus si une chorale gospel se joint à eux, que le concert a lieu, un soir d'été, en plein air et que vous avez apporté une couverture et un bon riesling.)

J'étais déjà une groupie ; je connaissais toutes ses chansons, et j'ignore pourquoi mais ce soir-là, alors qu'il était sur scène et que les premières notes de *If I Had a Boat* jaillissaient de sa guitare, j'avais pleuré. Je n'aurais pas su dire pourquoi, à l'époque, à part que j'avais l'impression qu'un ami cher à mon cœur était passé me voir. Non seulement je me rendais à ses concerts dès que possible, mais ses concerts étaient les seuls auxquels je me rendais, sa musique était la seule pour laquelle je payais ; ses chansons, les seules que je connaissais par cœur. (On vit à l'ère de la spécialisation, les amis. Je n'ai jamais prétendu être équilibrée.)

> Ma naissance à Klein fut un bond rapide de la pensée à l'être: Athéna jaillissant du crâne de Zeus.

Dans la salle d'accouchement à l'hôpital, l'anesthésiste se tenait près de moi, juste à côté de ma tête, les yeux rivés sur les écrans de monitoring.

« On peut en dire long sur un couple, au moment où le mari entre dans la salle d'accouchement, me murmura-t-il.

— C'est vrai ?

— Ouais. Vous seriez surprise de tout ce qu'on voit, ici.

— Comment ça ?

— Regardez, là. Vous voyez, je surveille votre rythme cardiaque », dit-il en montrant l'écran. Il parlait si doucement que j'étais la seule à l'entendre. « Quand il est entré, votre rythme cardiaque a ralenti de façon spectaculaire. » Il reposa le regard sur le moniteur. « Il a apaisé votre cœur. »

> Je cherche une appli qui envoie un rappel par
> heure pour m'indiquer quel jour on est, et
> me répéter que joie et chagrin sont indissociables.

Au bout d'un temps, incarner Duchess sur ce premier site a commencé à m'ennuyer. Ce n'était pas elle en soi qui m'ennuyait ; je continuais d'apprécier que les gens entrent dans le jeu de mes inepties, ce qui était le cas, étonnamment.

Mais à la longue, je me suis lassée de certains internautes qui s'accrochaient trop à elle. Son réseau a cessé de s'étendre au bout d'un moment, ce qui était logique : Duchess ne pouvait pas sortir, rencontrer de nouvelles personnes et les ajouter à son cercle. Les rares amis de la vie réelle avec qui j'avais espéré renouer via ce moyen de communication n'étaient pas intéressés et la conversation fut rapidement dominée par un ou deux inconnus, de loyaux soldats qui *a*) n'étaient pas marrants et *b*) ne laissaient jamais Duchess tranquille. Tout effort créatif est voué à l'échec dès lors qu'on lit par-dessus votre épaule et qu'on vous soumet des critiques importunes. Ces gens-là étaient infatigables et désagréables, ce qui, sachez-le, est une horrible combinaison chez un lecteur.

La voix du diable est cajoleuse, il vous promet des fans dévoués, mais il s'avère que tous, lui comme eux, sont des connards.

J'ignore ce qui les intéressait chez Duchess Goldblatt ; de toute évidence, ils ne semblaient puiser auprès d'elle aucun plaisir. À peine avait-elle publié quelque chose qu'ils répondaient dans la minute, surtout pour geindre :

ils ne comprenaient pas ses blagues ; ils ne saisissaient pas les références auxquelles elle faisait allusion. Ils n'entendaient pas sa musique. Matin, midi et soir, ils intervenaient, encore et toujours, pour n'écrire que des reproches.

« La porte est là, mon chéri, leur répondait Duchess. Ce n'est pas moi qui vous retiens. Allez, zou. »

« C'est épuisant, dis-je plus tard à Chuck. Pourquoi pensent-ils que ça m'intéresse, leur énergie négative et leurs opinions sur mon écriture ? Pourquoi refusent-ils de partir ?

— Parce que tu persistes à leur répondre. Ignore-les. Tu ne les connais même pas.

— Je ne le fais pas pour eux. Je le fais pour moi, dis-je. J'aime être Duchess Goldblatt.

— Personne ne t'empêche d'être Duchess. Mais tu n'es pas obligée de continuer à répondre à des inconnus sur Internet s'ils te gâchent ton plaisir.

— Si, j'y suis obligée. Tu vois, c'est bien ça, le truc : je l'ai écrit dans sa bio. Une grande part de sa personnalité, c'est son amour indéfectible du genre humain.

— D'accord, Mère Supérieure. On verra jusqu'où ça te mène.

— En plus, elle estime qu'il est important pour une artiste de son rang et de sa réputation de soigner son image de marque. Elle s'imagine que ceux qui la suivent sur les réseaux sociaux font partie de ses fans. Elle doit parler à tout le monde.

— Tu passes beaucoup trop de temps seule », dit-il, et il s'interrompit aussitôt.

Chuck savait mieux que quiconque combien mon entourage s'était raréfié.

Des années plus tôt, il avait été mon stagiaire d'été,

de cinq ans mon cadet, le visage poupin, et fraîchement sorti de l'université. J'avais été la seule rédactrice du journal local assez idiote pour accepter un stagiaire. Aucun autre rédacteur ne voulait d'un étudiant dans les pattes mais j'étais certaine de pouvoir tirer quelque chose de ce gamin, avec un peu d'huile de coude. J'étais montée au front pour lui, j'avais promis à mes supérieurs que s'ils l'engageaient cet été-là, je m'occuperais personnellement de lui. Nous étions amis et collègues depuis ce jour. Nous partions en vacances ensemble, sa femme, lui, mon mari et moi, à l'époque où les choses allaient bien, ou du moins à l'époque où je pensais qu'elles allaient bien.

Chuck est l'ami le plus loyal qu'on puisse espérer, ce qui est un de ses grands atouts. Je ne crois pas qu'il ait jamais abandonné qui que ce soit. Il évolue encore dans certains cercles sociaux qui étaient les miens, avec certains amis qui étaient les miens.

Je ne crois plus appartenir à un cercle. Je suis peut-être dans une ligne en pointillé. Ou juste un point.

> S'il ne répond pas à vos SMS, c'est parce qu'il
> pleure, prostré dans un nid confectionné avec
> les vieux gilets et les peignoirs de sa mère.

Je me souviens d'avoir été frustrée par les limites de la langue, pendant ma grossesse. Tout le monde évoque les « coups de pied » donnés dans le ventre par le bébé. Je m'attendais à sentir de véritables coups, une sensation brutale, le heurt d'un pied contre mon tibia, os contre os. Au lieu de cela, c'était comme si quelqu'un me frôlait dans l'eau : quelqu'un d'autre bougeait, quelqu'un d'autre agitait doucement l'eau non loin de moi. Je m'adressais à lui dans ma tête. Je t'aimerai toujours plus que tout, lui disais-je. Tant que je vivrai, je serai de ton côté. Je lui décrivais mon apparence : mes yeux, mes cheveux, la forme de mon visage. Si tu veux, tu peux me ressembler, disais-je en silence. Aucune pression, mais tu peux si tu veux.

J'avais cru des années durant que je n'aurais jamais d'enfant ; mon corps n'en semblait pas capable, ce que j'interprétais comme une volonté divine évidente. Dieu devait savoir ce que j'avais soupçonné en secret depuis longtemps : j'étais fondamentalement et irrémédiablement imparfaite, et je n'avais pas ce qu'il fallait pour être mère. Je n'étais pas toujours sûre de croire en Dieu, mais j'étais presque sûre que lui ne croyait pas en moi, et si Dieu Lui-même ne croyait pas que je puisse être une bonne mère, raisonnais-je, alors mieux valait ne pas prendre de risque en insistant pour le devenir malgré tout. Aujourd'hui, avec les années et le recul, ma position sur cette supposée décision divine me paraît un peu extrême, forcément. (Une amie, pendant ma grossesse, m'a dit une des choses les plus gentilles qu'on m'ait jamais dites : « Je sais qu'à cause de ta maman, tu ne penses pas pouvoir devenir une bonne mère. Mais moi je suis sûre que tu seras parfaite. »)

À la naissance de mon fils, j'étais si submergée de joie que j'en perdis la voix. Il n'y a pas d'autre façon de le décrire : je ne pouvais plus parler. Je restais des heures sans prononcer le moindre mot. Il est connu qu'en période de stress intense les comportements acquis nous échappent et que les gens s'enfoncent encore plus dans ce qu'ils sont réellement. Je n'arrivais pas à croire que j'avais enfin la chance d'avoir cet enfant. Enfin, pensai-je. Enfin ! Mon cœur est ici ! Ma famille !

L'analyse d'une régression linéaire ne m'a donné qu'un résultat: le bref souvenir olfactif d'une averse après une longue canicule d'été, 1952.

Je liquidai cette version de Duchess Goldblatt aux alentours de Noël. Je la précipitai, juchée sur un Segway, au bas d'une falaise, puis désactivai sa page sur ce site.

Dans les jours et les semaines qui suivirent, il m'arrivait parfois de penser à des propos parfaitement goldblattiens qu'elle aurait aimé prononcer, et le plaisir amusé de la laisser les écrire me manquait, mais pas assez pour me reconnecter et risquer de réintégrer le même groupe.

C'était fini, pensais-je. Le temps était venu de passer à autre chose. Le côté amusant du jeu avait disparu.

Mais environ un an plus tard, ma bonne vieille copine Naomi évoqua un autre réseau social.

Je n'étais pas très emballée au premier abord. J'en avais entendu parler mais ne comprenais pas comment cela pouvait fonctionner. Il ne semblait pas proposer grand-chose qui puisse attirer un écrivain sérieux, ou quelque personne préoccupée par la structure d'une phrase. Comment pouvait-on exprimer quoi que ce soit d'intéressant en 140 signes?

« Je conçois qu'on s'y tienne pour un chapô, dis-je. Mais ça ne colle pas avec ce que je fais. J'ai bien saisi la voix de Duchess Goldblatt; je sais que je suis capable de conserver son style. Mais ça me semble compliqué de maintenir une continuité narrative sur le long terme, à travers un moyen de communication aussi éphémère. Une pensée à la fois, et qui disparaît invariablement dans le néant. Comment peut-on tenir le fil d'une intrigue, dans ces conditions?

— Bon, ne le fais pas, alors, répondit Naomi.

— Rien ne m'empêche de jeter un coup d'œil juste pour voir. Mais je ne crois pas que ça puisse fonctionner, sur le plan pratique. Personne ne connaît le nom "Duchess Goldblatt" sur ce site. Elle devra repartir de zéro et espérer que quelqu'un lui prête attention.

— Comme tu veux. Je dis juste que tu pourrais tenter le coup.

— Ça semble idiot, rétorquai-je. Qui se mettrait à suivre un personnage fictif? Et même s'il y a des gens quelque part dans le monde qui apprécieraient de lire ses propos, j'imagine mal comment ils tomberaient sur elle.

— OK. Oublie ça.

— Bon, réflexion faite, ça pourrait être marrant. Ce serait un excellent défi littéraire. Ça me fait penser à des jeux de lettres. Quand j'étais rédactrice au journal, je devais essayer de raccourcir les phrases, retirer un mot superflu ici et là pour réduire la longueur d'une ligne. Mettons qu'il faille dégager cinq centimètres afin d'insérer une pub qui venait d'arriver en dernière minute – on devait alors raccourcir un article en supprimant un mot ici ou là et libérer quelques centimètres sans altérer le sens. C'est un exercice difficile si on ne veut sacrifier aucune nuance. Mais parfois, en tronquant pour faire de la place, je trouvais une meilleure tournure de phrase. Travailler dans le cadre de cette contrainte, garder le sens et les nuances dans un espace plus restreint, c'était un de mes défis préférés.

— OK, dit Naomi.

— Je me débrouillais tellement bien qu'on m'avait surnommée la Tueuse de veuves. »

Naomi ne répondit rien.

« Parce qu'on appelle les "veuves" ces mots en fin de phrase qui se retrouvent seuls sur la ligne suivante, expliquai-je.

— Il y a vraiment des gens au journal qui te surnommaient la Tueuse de veuves ?

— Je le leur suggérais toujours mais ça n'a jamais pris, pour être honnête. Laisse-moi regarder ce site et je te tiens au courant. »

Naomi acquiesça :

« OK. »

> En révisant un texte, j'extrais les mots indésirables,
> les lave délicatement à l'eau tiède et les
> mets à sécher. Ils pourraient encore servir.

Je ressuscitai Duchess Goldblatt sur Internet et je me souviens d'avoir pensé, à l'époque : J'espère que quelqu'un aura envie de lire tout ça, mais sans doute que non. Et puisque ce ne sera que pour mon propre divertissement, j'écrirai ce qui me fait rire.

Ce n'était pas de la fausse modestie. C'était une modestie gagnée à la dure après tant d'années passées à écrire de façon professionnelle, sachant pertinemment que si je disais à la moindre personne de mon entourage que j'endossais à nouveau le rôle de Duchess Goldblatt, la plupart ne la liraient jamais.

Mes supporters n'étaient pas légion : deux ou trois professeurs d'université, quelques rédacteurs en chef, et une poignée de proches.

J'ai oublié les premiers mots de Duchess. Ils n'avaient rien de très particulier, mais je persévérais : une petite pensée par-ci, une petite pensée par-là. Je compris vite que personne ne trouverait jamais Duchess, à moins qu'elle n'entame des conversations en commentant les publications d'autrui, aussi pris-je l'habitude de lire ce qu'écrivaient les internautes et de leur répondre. Et c'est comme ça que les lecteurs découvrirent peu à peu Duchess.

Elizabeth McCracken est la première personne à l'avoir soutenue. Une auteure de romans, de nouvelles et de mémoires qui figurait parmi mes écrivains préférés depuis des années. Duchess lisait régulièrement ses publications et répondait parfois à ses écrits. Elizabeth McCracken comprit sur-le-champ qu'il s'agissait d'un personnage fictif dont l'histoire se déroulait en temps réel et elle semblait apprécier Duchess. J'ai encore en mémoire la phrase goldblattienne qu'elle avait repostée afin que tous ses abonnés puissent la lire :

> Quel est ce joli mot japonais qui signifie à la fois "regretter sa jeunesse et sa beauté d'antan" et "encore trop bourré pour faire du café"?

J'étais seule dans l'ascenseur d'un parking sombre et flippant, dans un quartier agonisant de la ville – le genre d'endroit où la femme que j'étais avant aurait cherché des yeux la sonnette d'alarme et glissé ses clés de voiture entre ses phalanges en guise d'arme de défense, le regard à l'affût, craignant qu'un tueur en série n'entre avec elle dans la cabine et ne l'étrangle, mais à cet instant, je me rappelle avoir pensé : Allez, vas-y, tue-moi et qu'on en finisse, ça ne me dérangerait pas tant que ça. Puis en sortant de l'ascenseur, j'appuyai sur le bouton de mon téléphone par pure habitude et je vis alors qu'elle m'avait repérée. Au fond de mon vieux cœur brisé, une étincelle minuscule se mit à vaciller.

Elizabeth McCracken, allais-je découvrir, fait partie de ces rares et généreux artistes qui cherchent le meilleur chez les gens et brandissent leur travail en pleine lumière, comme pour clamer : « Regardez cet adorable coquillage que j'ai trouvé sur la plage ! » Regardez par ici, regardez ça. Lisez cette auteure. Je pense qu'elle vous plaira.

Elizabeth McCracken a ainsi brandi Duchess Goldblatt en pleine lumière, et d'autres personnes ont commencé à lui prêter attention.

3

Si vous devez un jour aménager un nid douillet dans votre cœur, vous serez heureux de ne pas avoir lésiné sur le beurre et le fromage.

Au parc : mon fils, quatre ans, joue avec son copain dans le bac à sable. Il creuse avec une pelle en plastique et récite une série de chiffres, encore et encore, une sorte d'incantation.

Son ami lui demande pourquoi il répète en boucle ces mêmes chiffres.

« J'ai verrouillé ma mère avec un code secret. »

Comme si c'était l'évidence même.

« Pourquoi ?

— Pour la protéger. »

Je surveille de près la récolte de feuillage dans les environs. Ça moissonne à tout va. On ne manquera pas de couleurs cet hiver.

Je vais essayer de vous raconter ce qui se passait dans les autres sphères de mon esprit à cette époque, du mieux que je le peux, du mieux que je m'en souviens. J'avais subi une perte, ou une série de pertes empilées les unes sur les autres, et quand je consulte le relevé de compteur, je ne suis plus très sûre de savoir quand j'ai commencé à fonctionner dans le rouge. Quand ma meilleure amie m'a laissée tomber ? Avant ça. Quand mon mari m'a quittée ? Non, bien avant. Quand mon père est mort ? Avant. Et pourtant, rien de tout cela ne m'avait brisée. Ce fut d'être séparée de mon fils, la seule personne essentielle à ma vie, et de savoir à quel point cela le chagrinait, qui m'était insupportable. À quatre ans, il pleurait et m'appelait en hurlant, et son père estimait, très sincèrement, que mon fils s'habituerait plus vite à la séparation si la coupure était nette. Les nuits où il le gardait, il ne nous laissait pas parler au téléphone car il ne voulait pas que mon fils pleure. Je me rappelle être restée un soir sous la pluie devant leur maison, mon fils en pyjama à la fenêtre de sa chambre, en pleurs, les yeux baissés vers moi, et personne ne me laissait entrer. Je ne pouvais qu'agiter la main à son intention. C'étaient des allers-retours incessants : les dimanches et lundis avec son père, les mardis et mercredis avec moi, les jeudis avec papa, les vendredis et samedis avec moi. L'emploi du temps était ingérable, et n'est pas allé en s'améliorant.

À mesure que la séparation se mettait en place, je prenais conscience que mon esprit n'était plus la machine bien huilée qu'il avait un jour été. Certaines ampoules refusaient de s'allumer. Mon cerveau et moi avions toujours été d'excellents amis – j'étais capable d'avoir une vue d'ensemble tout en percevant les petits détails ; de jauger les gens et les situations en une fraction de seconde, d'établir des liens entre plusieurs concepts disparates ; le travail me venait avec facilité, tout me venait avec facilité, même après cette série de pertes – mais après avoir été séparée de mon fils, je peinais à enchaîner deux pensées lucides.

Un soir, je demandai à une amie de me tenir compagnie. Je ne supportais pas l'idée d'une nuit supplémentaire en solitaire à la maison. Elle accepta, à la condition que je ne m'oppose pas à ce qu'elle regarde la télé.

« Tu vas adorer cette série. Elle est trop marrante », me dit-elle.

Peu m'importait ce qu'elle avait envie de faire, du moment que je n'étais pas seule.

J'avais déjà entendu parler de la série mais je ne l'avais jamais regardée. Je ne comprenais rien aux dialogues. Je n'arrivais pas à suivre l'intrigue. Deux personnages discutaient et je me souviens d'avoir remarqué que l'un avait les cheveux très bruns. Je ne cessais de regarder ses cheveux noirs en pensant : Ça, ce sont des cheveux vraiment très noirs. Bon sang, que ses cheveux sont noirs. Mais qu'est-ce qu'il est en train de dire ? J'entendais les paroles qui sortaient de sa bouche, je reconnaissais chacun de ses mots mais je ne les comprenais pas, allez savoir pourquoi.

(Je n'en fus pas alarmée jusqu'à ce que, quelques années plus tard, je retombe par hasard sur cette série et que j'en regarde un épisode. C'était *Modern Family*. Je me suis dit : Oh, mon Dieu. Dire que je n'avais rien compris. Si vous l'avez déjà vue, vous saurez de quoi je parle : elle n'est pas franchement censée être incompréhensible.)

La plupart du temps, les conséquences de ces pertes accumulées n'étaient pas visibles. Ou peut-être que si ; beaucoup de gens ayant pris leurs jambes à leur cou et s'étant éloignés de moi, les fissures de ma façade devaient être visibles sans que je m'en aperçoive. J'étais sans doute en pilote automatique, mais mon travail n'était ni difficile, ni dangereux, et je m'y présentais tous les jours. J'ai continué, ça je le sais. Certains fragments de ces journées me reviennent parfois en tête, je les fais tourner dans mon esprit et quand cela arrive, je tente de les réassembler petit à petit.

Je me souviens qu'une psychologue m'avait dit : « Vous étiez tellement traumatisée quand je vous ai rencontrée. »

Ses propos m'avaient paru très étranges, car il y avait déjà deux ans que j'avais tout perdu, mon couple, ma maison, mon travail, mes relations professionnelles et mes amis, et au moment de cette discussion, j'allais déjà bien mieux, alors je ne suis pas certaine de comprendre de quoi elle parlait. Je n'aurais pas employé le terme *traumatisée.* Perdue, peut-être, et triste.

Fatiguée. J'aurais dit que j'étais fatiguée.

« À quelle fréquence moyenne penses-tu qu'une personne ordinaire envisage le suicide ? demandai-je un jour à une amie, de but en blanc et d'un ton décontracté, afin d'avoir un aperçu de la normalité.

— Au suicide ? Jamais.

— Non, pas jamais. Ça ne peut pas être jamais. Jamais ? Sérieusement ?

— Peut-être une fois quand on a treize ans et qu'on écoute trop de chansons d'amour déprimantes, répondit-elle. Pourquoi ? Tu y penses à quelle fréquence, toi ? »

(Sept ou huit fois par heure.) « Pas si souvent que ça. »

L'idée de mourir apportait un soulagement fugace – un jour, tout sera terminé ! – mais je savais que je ne m'infligerais jamais une chose pareille. Être séparée de mon enfant était insoutenable pour nous deux, je souhaitais désespérément que la douleur cesse, mais je ne l'aurais jamais laissé seul ici. Jamais, jamais.

Je répondis donc :

« Non, jamais. Pas franchement. Je suis juste fatiguée. »

> Tenue traditionnelle des Fiers Danseurs Goldblatt : bonnet hollandais, fraise, longue cape noire sur string en lamé doré. Très Martha Graham.

Je me rappelle avoir déjeuné avec mon amie Chaya, qui m'offrit un livre dans un magnifique emballage accompagné d'une longue dédicace.

« Merci, dis-je en retournant l'ouvrage pour lire la quatrième de couverture. *Make Way for Lucia,* de E. F. Benson. Ça a l'air incroyable. Je n'en ai jamais entendu parler.

— Oh mais si, mais si. C'est le livre dont on a discuté, fit-elle en tapotant la couverture. Tu te souviens ? Tu avais l'air très intéressée. Je t'en ai parlé la dernière fois qu'on s'est vues. Je t'ai dit que c'était un de mes préférés. Et tu m'as répondu que tu adorerais le lire. »

Je lui adressai un regard interdit.

« On a dû parler de ce livre pendant une bonne demi-heure. Je t'ai décrit les personnages, l'humour, combien je l'aimais, combien il me faisait penser à toi, poursuivit-elle, puis elle vit mon regard. Tu ne te rappelles rien, c'est ça ? »

Je secouai la tête.

« Je ne me souviens même pas de t'avoir vue, répondis-je. C'était récemment ? »

Chaya me dévisagea, puis elle baissa les yeux vers la table entre nous. Elle posa une main sur la mienne.

Donc, comme je le disais : certaines transmissions avaient été coupées. Depuis, des spécialistes m'ont appris que ce genre de choses arrivait. L'esprit humain est compatissant. Il se crée des espaces de vide. Je les imagine comme de minuscules airbags dans mon cerveau, qui amortissent les chocs dans les zones sensibles déjà constellées d'ecchymoses et de bosses.

4

> Glissez une feuille de papier paraffiné entre les deux hémisphères de votre cerveau afin d'éviter qu'ils se mélangent et vous embrouillent.

C'était, me semble-t-il, le dimanche avant Noël. Mon fils avait trois ans, mon mari était au volant. Nous faisions un saut à la pépinière pour choisir un sapin de Noël et empruntions les routes de campagne. Dehors, tout était gris ; le ciel gris, l'air étrangement gris, rien ne fleurissait ni ne poussait à cette époque tardive de l'année, si loin au nord. Je croyais mon fils assoupi derrière moi dans son siège-auto. Je réfléchissais au cadeau que j'étais en train de lui préparer : je restais éveillée tard le soir pour peindre le décor d'un circuit de train sur une table – des maisons et des magasins, une ferme, des forêts, des vergers, des routes. Il ne restait qu'un coin vide à gauche et je visualisais un étang peint de diverses nuances de bleu, ourlé de joncs et de roseaux bruns, jaunes et beiges. J'envisageais d'ajouter une petite tortue pataugeant dans l'eau lorsqu'une voix fluette s'éleva depuis la banquette arrière.

« Je vois de l'eau, déclara-t-il.

— Quoi ? »

Je regardai par la vitre. Il n'y avait pas d'eau alentour.

« Je vois de l'eau et une tortue qui plonge dedans, ajouta-t-il.

— C'est dingue, murmurai-je à mon mari. J'étais en train de m'imaginer peindre un étang et une tortue sur le circuit du train. » Je me tournai à demi sur mon siège. « Je les vois aussi, mon chéri, dis-je à mon fils. On voit la même chose, chacun dans sa tête. »

Plus tard, je racontai l'histoire à ma tante au téléphone, m'attendant presque à ce qu'elle se moque de moi, mais non.

Elle n'en fut même pas surprise.

« Oui, ma sœur avait des visions de ce genre-là, m'annonça-t-elle. On n'a jamais pu l'expliquer, mais elle savait certaines choses. »

Sa sœur – mon autre tante – était décédée environ quinze ou vingt ans plus tôt. Elle souffrait d'une déficience intellectuelle mais c'était une femme très sociable, très sensible aux émotions des autres.

« Un jour, alors qu'elle vivait à New York et nous en Pennsylvanie, ton oncle est tombé dans l'escalier de la bibliothèque municipale, continua ma tante. Il avait honte et n'en avait parlé à personne. Même pas à moi. Quand on lui a téléphoné ce dimanche-là, elle nous a dit l'avoir vu tomber. Elle lui a dit de faire attention et de ne plus tomber dans l'escalier.

— Pourquoi tu ne m'as jamais raconté ça? lui demandai-je.

— Je ne sais pas, chérie. C'est juste une de ces drôles d'anecdotes qu'on finit par oublier, je crois. »

Vous vous souvenez d'avoir rêvé que vous étiez amoureux et d'avoir senti l'étendue de votre perte, au réveil? Pareil pour moi.

« Tu te rappelles quand on était la même personne? » m'arrive-t-il de demander à mon fils.

La vieille rengaine ne lui tire désormais plus qu'un simple sourire mais, petit, il répondait :

« Non ! Raconte-moi.

— Avant ta naissance, je te parlais dans ma tête.

— Qu'est-ce que tu me disais? (Il connaissait l'histoire par cœur.)

— Je te disais que je ne savais pas encore qui tu étais mais que j'avais hâte de te rencontrer. Que tant que je vivrais, je serais de ton côté. Je serais ton amie.

— Et c'est vrai, répondait-il avec satisfaction.

— Et je te décrivais mon apparence. Je te disais que si tu en avais envie, tu pourrais me ressembler.

— Et je te ressemble ! exultait-il.

— Comme Athéna sortant de la tête de Zeus, avais-je coutume de lui répéter. Tu as jailli de mon cerveau totalement formé. Tu es la plus belle idée que j'aie jamais eue. »

Les gens viennent souvent à moi en quête du sens de la vie, et je me rends compte qu'ils se satisfont généralement d'une moitié de sandwich.

Parfois, je sais que certains événements vont se dérouler avant qu'ils n'arrivent. Je ressens des choses au plus profond de mes os. Rien qu'une fois, j'ai eu une vision, une véritable vision, dans laquelle j'ai vu quelque chose apparaître devant mes yeux. C'était un rectangle bleu marine et blanc où l'on pouvait lire en lettres d'imprimerie, tout en majuscules, le mot BOLUS. Je m'étais arrêtée net. « Bolus ? » avais-je dit à voix haute, interloquée. Mais qu'est-ce que ça signifiait, bon sang ? Plus tard dans la journée, en voiture sur l'autoroute, je me trouvai devant un poids lourd affichant le logo BOLUS, les mêmes lettres bleu marine et blanc que j'avais aperçues dans mon esprit. C'était une compagnie de transport originaire de Pennsylvanie. Le camion était derrière moi, mais il s'approcha soudain par la gauche, me coupa la route et se mit à zigzaguer entre les voies. (Si cela vous arrive, les amis, suivez mon exemple : j'ai levé le pied illico, laissé filer BOLUS et me suis barrée de là à la première occasion.)

De manière plus générale, une pensée fugace me vient et m'indique qu'il va se passer quelque chose, et quand ces pensées surgissent, elles se révèlent toujours véridiques. Par exemple, je me remémore une personne que je n'ai pas vue depuis longtemps, et je devine qu'elle va se marier. Ou j'ai à l'esprit le nom de quelqu'un et le téléphone sonne, avec ce même quelqu'un au bout du fil.

Je repérai un ex-petit ami à un enterrement, un jour, et je lui demandai plus tard comment il avait connu la défunte.

« C'est un sujet que je préfère ne pas aborder, me répondit-il.

— Ah, d'accord. »

Je ne sais pas pourquoi, je pensai aux Alcooliques anonymes. Mais la défunte et son mari ne buvaient pas, et puis je me souvins que son premier mariage n'avait pas été de tout repos.

« J'ignorais que son premier mari était alcoolique.

— Sors de mon cerveau tout de suite », rétorqua-t-il.

Il y avait aussi un type avec qui je travaillais, marié à une femme dont j'étais infichue de prononcer le nom correctement. Je persistais à l'appeler Janet. À chacune de nos rencontres, plusieurs fois par an aux fêtes de fin d'année ou autres, je l'appelais Janet, bien que l'on m'ait seriné que son prénom était Lisa. Je me trompais invariablement. C'était incompréhensible ; les deux prénoms ne se ressemblaient même pas. Alors que l'on me corrigeait depuis des années, j'allai enfin m'excuser directement auprès d'elle :

« Je suis vraiment désolée. Je ne sais pas pourquoi je fais un blocage sur ton prénom. Je te regarde et va savoir pourquoi j'ai envie de t'appeler Janet.

— Inutile de t'excuser, répondit-elle. Pour tout te dire, ça me fait chaud au cœur. Je sais pourquoi tu m'appelles comme ça. Janet, c'était ma sœur jumelle qui est morte. »

(Vous imaginez qu'à ce stade j'aurais pu prendre sur moi de l'appeler Lisa. Mais non. Je m'entraînais dans mon esprit à dire *Lisa, Lisa, Lisa* et pourtant, qu'est-ce qui jaillissait de mes lèvres ? *Janet.* Je finis par quitter cet emploi et éluder la question une bonne fois pour toutes, ce qui fut un soulagement, je ne vous le cache pas.)

Plus jeune, j'étais capable de me raisonner et de me convaincre que ces instants d'intuition étaient idiots et insensés, d'étranges coïncidences. À présent que je suis plus âgée, je comprends que mon oreille est bien calée sur la mélodie de l'univers, mais il se peut que je ne perçoive que les chansons insignifiantes. La plupart du temps, je ne prends pas la sortie d'autoroute avant de percuter le camion.

Je vous trouvais bien discrets, puis j'ai vu que j'avais rétabli la configuration par défaut de mon téléphone: inévitabilité de la perte.

Et Duchess : Comment s'y prenait-elle ? Je saisissais mon téléphone et j'écrivais les propos de Duchess sans trop y réfléchir, souvent alors que j'essayais consciemment de me concentrer sur un véritable problème à résoudre. Je ne planifiais aucune de ses répliques mais parfois, je les relisais plus tard et songeais : Bon sang, c'est chouette mais d'où ça sort ? De temps à autre, j'émergeais du sommeil à 3 heures du matin, je tirais le téléphone de sous mon oreiller et je somnambulécrivais quelque chose que Duchess avait envie de dire. Mon esprit parvenait alors à s'apaiser et je me rendormais. Le matin venu, je ne me souvenais plus de ce qu'elle avait écrit jusqu'à ce que je voie s'aligner sagement les réactions des internautes. Parfois, je lisais leurs réponses et pensais : Mais de quoi parlent tous ces gens ? Puis je remontais le fil et je découvrais ce que Duchess avait écrit pendant mon sommeil. C'étaient toujours des réflexions rationnelles, selon la logique de son univers rêvé. C'était parfois beau, parfois drôle ou inspirant.

Si votre cerveau vient à s'échapper de son enveloppe naturelle, vous pouvez toujours le glisser dans une petite trousse de voyage en toile.

Le plus improbable, dans tout ça, c'est qu'elle était meilleure que moi. Je ne veux pas dire une meilleure auteure (bien que, parfois, elle le soit aussi), mais une meilleure personne. Duchess faisait preuve d'une grâce et d'une empathie exemplaires. Mon père était ainsi ;

il m'encourageait à montrer de la bienveillance, à apprendre à pardonner, à aimer les gens sans condition.

« Avec tout ce que la vie t'a offert, ne peux-tu pas trouver dans ton cœur assez de compassion envers ceux qui ont reçu moins que toi ? » me demandait-il.

(« Non », répondais-je du tac au tac. Quelle épouvantable enfant. Une petite peste pernicieuse ! Une flèche empoisonnée dans le cœur d'un si bon père ! Que ne donnerais-je pas pour qu'il soit à nouveau avec moi, rien que cinq minutes, et qu'on m'accorde une nouvelle chance. J'aimerais pouvoir lui montrer Duchess Goldblatt et lui annoncer : Tu vois, Papa, je t'écoutais. J'ai entendu ce que tu essayais de me dire.)

Je n'avais ni la compassion de mon père ni sa foi, mais Duchess les avait. Elle puisait ailleurs une énergie de l'univers qui n'était pas la mienne. Personne ne m'a jamais décrit mon aura, mais si je devais l'imaginer, elle serait sans doute gris clair et couverte de petites peluches. Je suis épuisée la plupart du temps, impatiente, distraite, j'arpente sans cesse un autre quartier de mon cerveau où coule en souterrain un éternel courant de tristesse placide. Duchess est une lumière blanche. Sa présence est totale. Elle n'a rien à voir avec moi.

> J'ai laissé une fenêtre ouverte cette nuit,
> le clair de lune s'est éclipsé, et voilà que le soleil
> entre et touche toutes mes affaires.

Je passai beaucoup d'examens pendant ma grossesse, et pas seulement parce que j'étais une nullipare d'un certain âge. Après tout, ma grand-mère avait quarante-trois ans lorsqu'elle avait donné naissance à son premier et unique enfant, mon père. Elle avait espéré, prié pour un bébé, et quand mon père était enfin né, il avait été accueilli comme le messie, adoré chaque jour de sa vie. À son tour, il était un père plutôt âgé à ma naissance. Aussi en conclus-je que j'étais génétiquement taillée pour une parentalité gériatrique, et ce n'était pas mon âge qui m'inquiétait.

« On m'a fait une tonne d'examens à l'hôpital. Jusqu'à la dernière analyse génétique et prénatale qu'ils avaient en stock », déclarai-je à ma tante, sans préambule. Histoire de faire la conversation, sans plus.

« Pourquoi ? » répliqua-t-elle d'un ton froid.

C'était du langage codé. J'entendis à la fois ses mots et leur réelle signification. En d'autres termes : Pourquoi faire autant d'examens, à moins d'envisager une interruption de grossesse dans l'éventualité où ils détecteraient un problème chez le bébé ?

« Non, non », répondis-je avec la même froideur.

Langage codé pour : Ce n'est pas ce que je voulais dire. Ce n'est pas ce que j'ai dit.

« Je veux juste savoir à quoi m'attendre », affirmai-je, et c'était la vérité.

Si le bébé allait rentrer à la maison avec une forme de limitation physique particulière, si j'allais avoir besoin d'une aide extérieure ou d'un équipement spécifique, ou s'il nous fallait emménager au rez-de-chaussée et installer une rampe d'accès à l'entrée, je voulais le savoir. Je voulais être préparée.

Mais je ne lui avouai pas tout. L'entière vérité, c'est que je savais ce que personne d'autre ne savait. Je ne pouvais pas l'expliquer, aussi ne l'exprimai-je jamais à voix haute. J'avais conscience que c'était irrationnel. L'idée même était déloyale envers la famille aimante et chaleureuse qui m'avait accueillie par le mariage. Mais la vérité était entièrement formée dans mon esprit, et je la voyais gravée dans mes os.

Ce bébé et moi allons nous retrouver seuls.

5

> Mais regardez-moi ça, vous tous, ivres de cidre,
> qui me déshabillez du regard. Un peu plus vite,
> mes chéris. Je ne suis plus toute jeune.

Il y a une pièce dans ma maison où je conserve toutes les œuvres réalisées en l'honneur de Duchess. Les gens ont envoyé des peintures d'elle, des portraits aux crayons de couleur, des lettres d'amour. (Elles lui sont toutes adressées, aux bons soins de celui qu'elle appelle « l'Homme de l'Extérieur », soi-disant l'unique personne du monde réel à pouvoir lui transmettre des colis. En vérité, son Homme de l'Extérieur n'est pas une seule personne mais un ensemble d'amis motivés et habitant dans d'autres villes, qui acceptent de recevoir des paquets adressés à Duchess Goldblatt. J'arrive généralement à obtenir six mois de bénévolat avant qu'ils ne reprennent leurs esprits et décrètent qu'ils en ont marre de se trimballer jusqu'au bureau de poste pour soutenir ma vie secrète.)

Une avocate texane a réalisé de minuscules illustrations représentant ce qu'elle imaginait être les couvertures des livres de Duchess (elles sont super, j'aimerais pouvoir vous les montrer : le titre de ses mémoires inspirants, *Quelques comptes à régler*, est écrit en lettres roses sur fond noir, accompagné d'une hache; *Festoyer de la carcasse de mes ennemis : une histoire d'amour* est illustré par un cœur désincarné; et les touchants mémoires familiaux *Pas si je te tue d'abord* affichent un pistolet tirant sur une marguerite), et elle a sculpté un minuscule cochon en bois pour Duchess. Des gens ont envoyé des friandises, des cartes postales, des recueils de poésie, des livres dédicacés. PJ, une femme vivant à Galveston, au Texas, a imprimé le portrait de Duchess, l'a plastifié et collé au bout d'un manche, avant de le transporter à Paris et à New York, et de prendre des selfies avec Duchess partout où elle allait. Un restaurant baptisé Ladybird Diner propose une tarte appelée Duchess. (Si vous êtes dans le coin, surtout arrêtez-vous au Ladybird Diner à Lawrence, dans le Kansas. Dites-leur que vous venez de la part de Duchess Goldblatt.) La romancière Celeste Ng a fabriqué une petite poupée de Duchess Goldblatt au crochet et a proposé de me l'envoyer, mais je ne pouvais pas accepter; elle faisait partie d'un ensemble incluant une minuscule Princesse Leia crochetée, et elle devait rester avec le groupe. (Je lui ai cependant demandé de m'en fabriquer une deuxième, un an plus tard, ce qu'elle a fait, et elle l'a envoyée à l'auteure Laura Lippman en guise de trophée pour son prix Goldblatt. Ça me fait mourir de rire de savoir que Laura Lippman possède une poupée artisanale de Duchess Goldblatt chez elle.)

Au fait, Crooked Path est une ville fictive de l'État de New York, située à dix minutes de Manhattan mais aussi à dix minutes au sud de la frontière canadienne, ce qui (si jamais vous n'avez pas de mappemonde à portée de main) est bien sûr impossible. Duchess affirme que la ville fut fondée par une secte de fanatiques anticartographie, fondamentalement opposés à l'établissement de cartes et de plans, quels qu'ils soient. Crooked Path partage une frontière avec le Kansas tout en conservant sa propre flotte militaire. La ville abrite la Maison des ex-maris-vieillissants-et-désagréables ; l'Opéra-est-un opéra-est-un-opéra Gertrude Stein ; l'Académie Dorothy Parker pour jeunes filles, où Duchess donne une conférence annuelle à Noël sur la sacro-sainte importance de la modestie dans la vie conjugale ; et le Refuge pour chats de Crooked Path, ainsi que le Refuge pour actuaires de Crooked Path (aucun rapport), où les actuaires vivent le restant de leurs jours en paix, à gambader dans les prés et à calculer les risques. La ville possède un spa spécialisé dans le massage thérapeutique des teckels obèses. Crooked Path accueille aussi le Festival annuel de la vodka, le Festival du riesling, et le très populaire Concours de jenga grandeur nature, au cours duquel une poignée de frêles anciens se brisent généralement une hanche ou deux.

> Parfois, à 5 heures, j'arpente les rues de Crooked Path pour célébrer l'aube en offrant un medley d'opéra wagnérien. Je donne sans compter.

« Papa dit que c'est une bonne chose que vous vous soyez mariés, sinon je n'aurais pas été là, déclara mon fils, à quatre ans.

— C'est vrai, confirmai-je.

— C'est absurde de dire que "Je n'aurais pas été là". J'aurais peut-être été un grain de poussière ou un nuage, mais j'aurais été là. J'aurais été avec toi.

— Il voulait dire, là en tant qu'être humain, tu ne serais pas là comme ça, comme le garçon que tu es aujourd'hui. Mais je comprends ce que tu veux dire. Tu te perçois comme une âme, et non comme un corps. Je crois que tu as raison.

— Je sais que j'ai raison. Si je regarde à l'intérieur de moi, je peux voir mon âme. C'est une étincelle sans fin.

— Oui. Cette étincelle est la part la plus profonde de ton être, lui expliquai-je. Ton papy m'a dit un jour qu'il pouvait calmer son esprit et atteindre une profonde conscience de lui-même, indépendante de son corps. J'arrivais à le faire, moi aussi. Je pouvais scruter une couleur éclatante, encore et encore, jusqu'à atteindre un état de grande conscience de moi-même. Ça ressemblait à une joie intense. Je ne sais pas comment l'expliquer autrement. Je ne l'ai pas fait depuis l'enfance. Je me demande si j'en serais encore capable. Tu devrais essayer. Voir si tu y arrives. »

Il resta un moment silencieux à regarder par la fenêtre. « Mon âme et la tienne peuvent se parler, affirma-t-il. Tant qu'on dit la vérité dans nos cœurs, même si tu es au paradis, on pourra se parler.

— Ouaip, répondis-je. Ça a toujours été le cas. On est toujours ensemble dans notre cœur. »

> Rêves et espoirs ont besoin d'air. Laisser la vitre entrouverte dans la voiture pendant nos courses ne suffira pas. Ils risquent de mourir.

L'avocate m'exposa la situation dans son ensemble : ce à quoi allait ressembler notre nouvelle existence. Mon fils de quatre ans et moi n'avions pas le choix. Les choix sont le luxe des autres. À l'avenir, nous ne pourrions même plus nous voir tous les jours.

« C'est de la folie, déclarai-je à l'avocate. Ce n'est pas possible.

— Je ne sais pas quoi vous dire de plus.

— Il y a des circonstances atténuantes.

— Peu importe. Les circonstances particulières ne le sont que pour vous. Elles n'ont aucune importance aux yeux de l'État de New York.

— C'est inhumain, d'arracher un enfant si jeune à sa mère, dis-je.

— *Arracher ?* Qui parle d'arracher ? C'est une garde alternée.

— Nous sommes des mammifères. C'est une altération de l'ordre naturel, de retirer les petits trop tôt à leur mère.

— Ce n'est pas un argument légal que je puisse utiliser. Je vous l'ai déjà dit. Je vous ai dit aussi que les maris s'en vont quand ils ont une copine sous le coude. J'ai vu ce scénario se produire un millier de fois. Et vous ne pouvez pas contrôler les choix des autres.

— Je suis sa mère et je ne suis pas en mesure de le protéger. En quoi est-ce acceptable ?

— Je comprends, je vous assure. Vous ne pourrez pas contrôler avec qui vit l'enfant la moitié du temps. Mais qui sait ? Peut-être que tout ira bien.

— Non, ça n'ira pas.

— D'ici un an, votre fils entrera en maternelle. Et puis, des études prouvent que plus l'enfant est jeune, mieux ça se passe. Ce serait plus embêtant s'il avait huit ou neuf ans. Il est trop jeune pour sentir la différence. Il ne s'en souviendra même pas.

— Vous ne le connaissez pas. Vous ne comprenez pas la douleur psychique qu'il ressentira à être éloigné de moi. C'est une vieille âme. Il se souvient de tout. Il sait très bien qui est sa famille. Et quand la juge entendra…

— La juge s'en fichera. Ça ne lui fera ni chaud ni froid. Vous imaginez combien d'enfants elle voit chaque jour, dans des situations bien pires que la vôtre ?

— Mon fils et moi sommes extraordinairement proches. Nous avons un lien particulier. On ne peut pas être séparés comme ça. Des jours durant ? Des nuits entières ? Il est trop petit pour ça. Il n'a que quatre ans !

— Et alors ? Vous voulez que j'aille devant la juge et que je lui dise : "Cet enfant est extraordinairement proche de sa mère ?", demanda-t-elle avec un sourire narquois.

— C'est la vérité, répondis-je.

— Tout le monde s'en fout.

— Il n'a que quatre ans, répétai-je. Il est d'une extrême sensibilité. Nous sommes très liés. Il a besoin de moi. Ça va le briser.

— Les gamins sont résilients. Vous seriez étonnée de voir ce à quoi les enfants peuvent survivre, quand ils y sont obligés.

— Non. Pas lui. Ce n'était pas censé se passer comme ça pour lui. Je voulais qu'il ait une famille. Ce n'est pas la vie que je voulais pour lui. Il était censé avoir une famille.

— Vous n'êtes pas morte, d'accord ? Vous êtes sa famille. Vous l'avez encore auprès de vous. Pas tous les jours, certes. Mais vous formez encore une famille.

— Ce n'est pas suffisant, dis-je. Je n'arriverai jamais à réparer ça. C'est insupportable. Je ne l'ai pas mis au monde pour qu'on me l'enlève.

— Pour l'amour du ciel, lâcha-t-elle en consultant sa montre. Je ne sais pas quoi vous dire. Il va falloir vous contenter de ce que vous avez. »

Quels sentiments se savourent crus? J'aime les regrets dans leur coquille, servis sur un lit de glace avec rondelles de citron et Tabasco.

Dans sa biographie, j'avais commencé par installer Duchess au Texas, puisque je tenais à ce qu'elle soit née à Klein, sans me douter combien ce serait difficile à tenir. J'oubliais le décalage horaire, la différence de climat et un jour je me suis rendu compte avec effroi que je n'avais jamais mis les pieds au Texas. Je ne plaisante pas. J'étais persuadée d'y être allée. J'avais rendu visite à un ami du lycée qui passait son doctorat là-bas, quand il était inscrit, j'en étais certaine, à l'université du Texas à Austin. Alors que Duchess existait déjà depuis quelques années, je réalisai que mon ami avait obtenu un autre doctorat à l'université de Virginie, et que c'était là-bas que je lui avais rendu visite. Le Texas, la Virginie : en gros, il y fait chaud, c'est loin, et quand vous avez des amis qui persistent à courir d'un État à l'autre, ce n'est pas toujours évident de les suivre.

Si bien qu'un jour je décidai de la faire déménager dans l'État de New York, où j'ai toujours vécu. Elle affirma avoir vendu son domaine texan à une congrégation de moines développeurs de logiciels. Ils avaient créé une appli de correction automatique capable de remplacer chaque propos douteux que Duchess tentait d'écrire par un koan zen, du genre :

Je lui conseillai alors d'enfiler le masque de Dick Cheney et de me montrer son visage d'avant la naissance de ses parents.

Bref, j'installai Duchess dans l'État de New York, dans une ville fictive, ce qui serait plus simple à gérer. Ne restait plus qu'à lui trouver un nom.

J'étais assise seule à ma fenêtre un soir, le regard tourné vers la rue en contrebas. Il faisait nuit ; il n'y avait pas un chat. Le nom de ma rue était dans une langue étrangère, et il n'en existe aucune traduction exacte, mais j'ai un jour cherché un équivalent, et plusieurs significations semblent correspondre. La troisième ou quatrième est « sentier tortueux » ou Crooked Path en anglais.

Crooked Path est un joli nom, songeai-je. Il paraît presque plausible pour une ville, tout en étant un peu décalé, et par conséquent très goldblattien. Je m'assurai qu'aucune ville ne soit déjà baptisée ainsi dans l'État de New York, afin de ne pas perturber les lecteurs. J'allais pouvoir jouer avec sa géographie, son fuseau horaire, ses institutions et ses traditions. Crooked Path, contrairement à tous les autres lieux de ce vieux monde brisé, pourrait être aussi beau que je le souhaiterais, et il était à moi, à moi, rien qu'à moi.

> Réunion des Ennemis Jurés à CP, ce week-end.
> Certains ne se sont pas vus depuis des années.
> Chacun apporte un plat pour le buffet du soir.

C'est environ à cette même époque que j'emménageai dans une nouvelle maison. « Un bien à retaper » comme disent les agents immobiliers quand ils sont pressés de boucler une vente avant de sauter dans le dernier train de banlieue. Je l'avais achetée presque sans la voir – elle était située dans un quartier tranquille, était abordable, n'avait pas encore été mise sur le marché mais le serait bientôt –, j'y avais jeté un bref coup d'œil et avais proposé aux vendeurs le prix demandé avant même qu'il soit officiel. Mon fils et moi avions perdu notre maison ; il nous fallait une maison ; c'était une maison. Le marché était tendu, il y avait très peu d'offres ; je fus reconnaissante de trouver quelque chose dans la minuscule fenêtre temporelle dont je disposais. Une fois le compromis signé et après avoir arpenté la maison entière, je me rendis compte combien elle était crasseuse, sombre et morne. Toutes les fenêtres avaient été peintes en noir. Le jardin à l'arrière était jonché de déchets et de métal rouillé : parapluies et canettes, un vieux chariot d'enfant. Le premier jour, je décrochai les lourdes cantonnières de la cuisine, que je découvris remplies de crottes de souris. Je sortis de la maison en courant et restai un instant assise sur le trottoir, à songer : je n'y arriverai pas. Je ne peux pas repartir de zéro toute seule.

« Je n'en suis pas capable », pensais-je. Je voulais le dire dans ma tête mais je prononçai la phrase à voix haute, dans la rue déserte. « Je n'en suis pas capable. »

Une voix me répondit ; je parle d'une voix alors qu'il n'y avait pas le moindre bruit. Il s'agissait davantage d'une idée extérieure, qui se manifesta à moi. C'était cette confiance, cette grâce que j'ai appris à connaître si bien ; c'était le concept de poésie propre à Wallace Stevens, ce qu'il appelle « des sonorités transmettant de soudaines exactitudes ».

Ces sonorités qui transmettaient de soudaines exactitudes, c'était Duchess Goldblatt, et l'idée qu'elle m'offrit fut la suivante : « Tu en es capable. Tu n'as pas le choix. Tu y arriveras. »

Mon cœur s'apaisa et je songeai : Oui. D'accord. Je n'ai pas le choix. J'y arriverai.

Je suis un rayon de soleil. J'avance dans la beauté.
Il ne peut y avoir ni ombre, ni obscurité, ni chagrin
là où passe Duchess Goldblatt.

Mon ancien quartier était très classique : grandes bâtisses, vastes jardins. Les gens rentraient directement avec leur voiture dans le garage attenant et disparaissaient à l'intérieur des maisons ; on ne voyait jamais personne à pied, aucune allée et venue.

Le nouveau, pas si loin du précédent et dans la même zone scolaire, était un tout autre monde : plus petit, plus compact, plus bruyant. Les gens étaient constamment visibles. Ils s'affairaient. Leurs enfants jouaient dans la rue. J'essayais de ne pas être trop sympa avec mes nouveaux voisins. Quand je les apercevais devant leurs maisons, des pères et des mères étendus sur des chaises longues, à papoter (et c'étaient toujours des pères et des mères, par paires, tous avec des enfants), je les saluais de la main et continuais mon chemin. J'étais attentive à me montrer agréable sans jamais être trop amicale. Mieux vaut ne pas s'attacher. Vous vous avisez d'être trop amical avec des voisins comme eux, et soudain, le jour où vous êtes dans la poisse, ils vous laissent tomber à coup sûr. Du jour au lendemain, vous êtes persona non grata dans votre propre rue animée. Je n'osais pas prendre ce risque. Il valait mieux ne pas baisser la garde.

Une de mes voisines, jeune mère de plusieurs bambins, me héla un jour d'un geste de la main alors que je partais travailler en voiture.

« Dieu merci. Je suis tellement soulagée que vous alliez bien, lança-t-elle en s'appuyant à ma vitre ouverte, un bébé sur la hanche.

— Pourquoi je n'irais pas bien ?

— Non, pour rien, c'est juste que j'ai cru vous entendre crier, il y a quelques nuits. Vers 3 heures du matin, je suis sûre d'avoir entendu une femme crier. C'était vous ?

— Non.

— C'est marrant, ça… On aurait dit que ça venait de votre maison. J'ai réveillé mon mari et je lui ai dit d'aller voir si tout allait bien, mais il a répondu que ça devait être des coyotes. J'imagine que les cris des coyotes ressemblent à ceux d'une femme.

— Je n'ai pas crié, insistai-je. Il y a quelques nuits ? Vous avez pensé que j'avais des ennuis, il y a quelques nuits de ça ? Et vous avez pris de mes nouvelles dans la foulée ?

— Eh bien, non… Je ne savais pas trop. Au bout de quelques jours, comme je n'avais pas entendu parler de cambriolage ou autre, j'en ai conclu que ce n'était rien. Bob avait dit que ça devait être des coyotes.

— Je n'ai pas entendu de coyotes, répliquai-je.

— Bob non plus. Ça ne l'a pas du tout réveillé. »

Elle est retournée chez elle et j'ai poursuivi ma route. Je n'ai pas dit : Vous savez pourtant que je vis seule avec un enfant. Si vous pensiez que nous avions un problème, pourquoi ne pas avoir appelé les urgences ? Pourquoi ne pas être venue frapper à notre porte le lendemain matin, juste pour dire bonjour et en avoir le cœur net ?

C'est toujours au moment où l'on croit ne plus rien attendre de personne qu'il faut apprendre à en attendre encore moins.

> Inondations modérées ce soir à Crooked Path.
> Les volontaires canalisent le ruissellement à l'aide
> de sacs en toile lestés d'attentes déçues.

« Tu continues à inviter tes voisines chaque semaine ? me demande ma tante environ une fois par mois.

— Non », n'ai-je de cesse de lui répéter.

Elle se souvient que j'organisais une soirée chaque jeudi pour toutes les mamans du quartier. La porte était grande ouverte, le frigo plein, entrez et servez-vous un verre. Personne n'était obligé d'apporter quoi que ce soit, ni de prévoir à l'avance. Certaines traversaient la rue en pyjama, après avoir couché leurs enfants.

Voilà longtemps que les mamans du quartier ne sont pas passées me rendre visite. J'ai oublié quand elles ont arrêté de venir. Il y a cinq ans ? Six ans ? L'une d'elles a pris ses distances après avoir bu trop de vin et laissé échapper des secrets de famille, aveux à voix haute qu'elle avait ensuite regrettés. Une autre m'avait envoyé un mot m'expliquant que notre amitié était à bout de souffle, après que son mari eut commis l'erreur de manifester son affection pour moi, bien qu'elle fût des plus fraternelles. (Note à moi-même : ne jamais faire ami-ami avec les maris.) Une troisième s'était vexée lorsque je lui avais présenté quelqu'un comme étant « chirurgien orthopédique », une remarque incroyablement élitiste, me déclara-t-elle plus tard, qui trahissait une préférence de classe sociale latente et impardonnable.

De si piètres excuses qu'à l'époque je les trouvais absurdes, mais je comprends désormais que les mamans du voisinage cherchaient une porte de sortie. Elles voulaient simplement me fuir.

« Elle a eu l'impression d'être intouchable. Ce n'était suscité ni par le mépris ni par la peur, mais par l'obscénité de son deuil », écrit Bill Clegg dans son roman, *Et toi, tu as eu une famille ?*

Cette phrase me remua jusqu'à la moelle. Elle s'insinua en moi et y pondit ses œufs. Dans ma ville, dans mon cercle, dans ma propre vie, j'étais devenue une intouchable. J'imprimai cette citation et je l'accrochai sur mon frigo, où je la tapotais avec tendresse, comme une tante adorée, à chaque fois que je la remarquais et que je la relisais.

> Pour ma visite à l'Académie Dorothy Parker,
> je cherche un des plus joyeux chants de Noël
> sur la procédure de divorce.

Duchess est l'amie de toute l'humanité, ce qui est très bien sur le papier, mais laissez-moi vous dire en confidence que c'est parfois une plaie pour moi. Elle aime le monde entier. J'essaie d'aimer le monde entier. Enfin, en théorie, j'ai envie d'aimer le monde entier et l'humanité. Je conçois très clairement que l'idée est bonne.

Être depuis toujours la fille de mon père s'est avéré très instructif, sur ce plan. Comment aimer tout le monde ? On ne peut assurément pas aimer *tout le monde.* Certaines personnes ne le méritent pas.

J'interrogeais sans cesse mon père à ce sujet.

« Je ne suis pas sûr de comprendre ce que tu veux dire par *mériter*, répondait-il. Tu aimes les gens parce que ce sont des gens, parce que ce sont des êtres humains. Pas nécessairement parce que tu apprécies leur compagnie, ce qui est d'ailleurs une forme d'amour, mais parce que tu les considères comme louables par nature. Chaque être est louable par nature. J'avancerais même que c'est ton devoir, peu importe que tu t'estimes apte à décider s'ils l'ont mérité ou pas. »

Nous avions coutume de débattre sur la parabole biblique du fils prodigue. Le fils prodigue, d'après moi, est un con fini. Son frère, le fils prévenant qui reste à la maison, qui fait la lessive, qui promène le chien, qui prépare le dîner, n'est gratifié d'aucune reconnaissance, nulle fête, nulle récompense ; le fils prodigue, qui dilapide les ressources familiales dans la picole et la drogue (ça, c'est moi qui l'imagine ; j'ignore le genre de drogues auxquelles on avait accès à l'ère biblique, mais je pense qu'il devait y avoir des racines méchamment hallucinogènes à mâchonner), se pointe en titubant à la porte avec sa gueule de bois, et on lui organise une fête et un énorme banquet. Où est la justice, là-dedans ?

« Pourquoi le père loue-t-il le mauvais fils ? demandais-je. Ça n'a pas de sens. Il a un fils parfaitement gentil sous le nez, un fils bien meilleur que l'autre. Il devrait honorer le bon fils et punir le mauvais.

— Bon et mauvais, voilà des jugements qu'il ne t'est pas donné de prononcer, et "meilleur" n'a aucune pertinence. C'est leur père. Un père aimera tous ses enfants, toujours. Tu ne conçois pas la joie que c'était pour lui, de voir son fils dépensier reprendre le contrôle de sa vie, rentrer à la maison ? "Parce qu'il était perdu et qu'il est retrouvé." Le père aime ses deux enfants. Il a espéré, il a prié pour un tel revirement.

— Parce que c'est son lot ?

— Parce qu'il est leur père.

— Mais c'est injuste. Ce fils prodigue est un gros naze », m'écriais-je, comme si mon raisonnement d'enfant de dix ans pouvait époustoufler mon père.

Mon père, qui avait étudié deux ans au séminaire avant son mariage, n'était pas novice en la matière. Comme à son habitude, il s'adressait à moi avec une bonté et un respect profonds, comme si toutes mes idées étaient dignes d'attention.

« Tu as mis le doigt sur un des plus grands défis qu'on nous ait attribués, ma chérie, et il est ardu. Il nous faut aimer les autres, quels que soient leurs actes, et sans attendre de récompense en retour. Même nos ennemis méritent notre grâce.

— Mais on ne peut pas aimer ses ennemis, disais-je. Ça n'a aucun sens. Si on les aime, ce ne sont pas des ennemis.

— C'est tout l'intérêt, ma chérie.

— Personne n'en est capable. C'est impossible. Le mieux qu'on puisse faire, c'est de les tolérer.

— Tu as peut-être raison, répondait-il. C'est peut-être impossible. Mais j'espère que tu choisiras d'essayer. »

Me souvenir de mon père est un baume et une bénédiction. Quand Duchess est au sommet de son art, il reprend vie.

Quand elle est irritable, sèche ou triste, quand elle interrompt les gens qui se montrent agaçants, quand elle est maladroite, quand elle est fatiguée, qu'elle s'allonge sur le sol du salon et qu'elle ne peut plus supporter la moindre personne en demande d'attention : c'est dans ces instants qu'elle me ressemble le plus.

> Peu importe où je me trouve, peu importe l'instant, mes amis, je suis partout. Le soleil ne se couche jamais sur l'Empire Goldblatt.

6

Imaginez que je vous chante une berceuse, la main sur votre front. Dormez. Oubliez votre portefeuille. Je remettrai tout comme c'était.

Des années durant, quelle que soit la direction que je prenne, il me semblait qu'on me fermait les portes au nez. Les gens ne voulaient pas de moi dans les parages, et je comprenais pourquoi, plus ou moins. Plus je perdais, plus je continuais à perdre, et personne n'a envie d'attraper cette maladie.

« Je fais tellement d'efforts pour nouer des liens avec les autres », dis-je à ma vieille amie Jackie.

Elle fait partie de la famille élargie de mon ex-mari et elle est très attachée à mon fils, si bien que je la vois de temps à autre si je l'invite, si je lui facilite les choses, et si elle n'a rien de mieux à faire. Elle ne m'invite jamais nulle part, elle ne me téléphone pas, ni ne répond généralement à mes appels. Notre amitié est bancale, ce que je lui ai déjà fait remarquer, et elle est d'accord avec moi : Oui. C'est vrai.

« J'essaie de me construire une nouvelle vie, et c'est comme si cette nouvelle vie ne voulait pas de moi, expliquai-je. Je ne trouve ma place nulle part. Le monde me repousse sans cesse.

— Tu dois continuer à essayer. Fais-toi ta propre place. Trouve d'autres personnes à aimer.

— Je ne veux pas d'autres personnes, rétorquai-je. Je veux retrouver les anciennes.

— Ça, c'est embêtant. Peut-être que tu pourrais te concentrer sur les activités que tu aimes vraiment. Qu'est-ce que tu aimes ? »

J'y réfléchis. Tout ce que j'aimais impliquait d'autres personnes. Il n'y avait qu'une seule chose que j'adorais vraiment et que je pouvais faire seule, rien que pour moi.

« Écrire, dis-je. J'ai l'impression d'être la meilleure version de moi-même quand j'écris.

— Parfait. C'est peut-être de cette façon que tu arriveras à trouver ta nouvelle place dans ce monde. »

> Les scientifiques s'apprêtent à développer
> des énigmes synthétiques, puisque les mystères
> naturels de la croûte terrestre ont été résolus.

Peu à peu – si graduellement, même, que je ne m'étais pas rendu compte du processus, et que je n'y fis pas attention – un groupe se forma autour de Duchess, ou peut-être s'agissait-il d'une constellation de petits groupes. Les gens utilisaient le terme « communauté » pour décrire le phénomène dont je mis longtemps à prendre conscience. Ce n'était pas un club privé, après tout. Les gens étaient connectés sur le même site et démarraient plusieurs conversations à la fois. Je me représentais ça comme un cocktail permanent ; on se tourne d'un côté pour parler à telle personne, puis on se tourne de l'autre pour parler à telle autre. (C'est d'ailleurs le revers des réseaux sociaux qui sont autant une boîte de Petri qu'un mégaphone à la portée des pires êtres de la planète.)

Toujours est-il que je n'avais pas le sentiment que des gens se fédéraient autour de Duchess ; j'avais plutôt l'impression que nous avions tous atterri par hasard dans le même bar de quartier et que nous y étions au coude à coude. Je n'étais qu'une convive présente à la fête parmi tant d'autres, et certainement pas la seule à utiliser un pseudonyme. La plupart des internautes ne poussaient pas les choses aussi loin que moi ; ils utilisaient leur vrai prénom ou leur ville. Pour le reste, je faisais comme eux.

Et nous nous bâtissons tous une identité propre, pas vrai ? En ligne et dans la vie réelle, nous décidons de la façon de nous présenter, nous enseignons aux autres comment se comporter, et nous nous confortons dans les idées que nous choisissons de garder et celles que nous rejetons. Les bonnes manières sont une construction sociale, les week-ends sont une construction sociale, les valeurs, les croyances et la démocratie, autant de constructions sociales, toutes ces idées sur lesquelles nous avons fini par nous mettre d'accord au gré du temps, à travers nos diverses interactions humaines.

Duchess Goldblatt est une construction sociale, elle aussi, finalement. Il faut juste que je trouve le moyen de l'amener avec moi dans la vraie vie. C'est qu'elle meurt d'envie de prendre le volant.

> Les personnages fictifs peuvent désormais donner
> leur sang. Mais ça a toujours été le cas; nous
> déversons en vous chaque once de nous-mêmes.

Duchess devint une sorte de révélateur de pH ; si vous appréciiez l'humour de Duchess, et si vous saisissiez ses blagues et ses références, vous alliez sans doute aimer les gens qu'elle attirait pour les mêmes raisons. Sa manie de répondre à tous ceux qui s'adressaient à elle donnait à son historique de publication des allures de salon ouvert et accueillant. C'était naturel. Personne ne l'avait programmé. Surtout pas moi, je n'en aurais pas été capable, pas plus que je n'étais capable d'organiser une fête réussie pour mille inconnus. Et cela commençait à ressembler à une fête à laquelle chacun était invité.

Admettons donc que Duchess réponde à Individu 1, puis à Individu 2. Individus 1 et 2 se mettaient à discuter entre eux. Ils développaient un lien d'amitié, au vu de Duchess mais indépendamment d'elle, et leur relation se muait en une amitié dans la vie réelle. Le plus souvent à mon insu puisque j'ignorais que les personnes ne se connaissaient pas avant.

Duchess aime être au centre de tout, et elle insista pour que ses abonnés, s'ils se réunissaient à deux ou plus dans la vraie vie, s'écrient d'une seule et même voix puissante : « Longue vie à Duchess Goldblatt ! »

Ce qu'ils firent. Ils se retrouvaient par groupes de deux, trois, quatre, dix, douze ; dans des bars, des restaurants, des librairies et des musées, ils publiaient des photos d'eux ensemble. Parfois, ils créaient des T-shirts et des tote bags à son effigie, ou ils imprimaient son portrait qu'ils installaient sur leur table. Ils achetaient les œuvres d'art des uns. Ils allaient aux dédicaces des autres, à leurs lectures de poésie ou à leurs représentations théâtrales.

« Mes bébés ! s'exclamait Duchess quand ils publiaient leurs selfies. Mes garnements ! Mes zigotos ! » Quelqu'un me décrivit cela comme une forme d'intégration ; si vous êtes enclin à rejoindre la communauté de Duchess

Goldblatt, les autres peuvent émettre l'hypothèse plutôt probable que vous avez un sens de l'humour bon enfant.

> Tiens, la terre a un peu dévié de son axe,
> sa rotation avait perdu le rythme. J'ai ajouté
> quatre heures aux jeudis pour corriger le tir.

J'avais un grand-oncle par alliance. Appelons-le Oncle Joe. Lorsque j'ai rejoint la famille, il était déjà vieux : encroûté, perpétuellement déçu, enclin aux remontrances, aux répliques cassantes et aux braillements. Il avait les jambes raides et arquées, toujours affecté d'une légère claudication au terme d'une vie entière de labeur physique. Son vocabulaire, ses expressions et ses idées étaient ceux qu'il avait amassés soixante ans plus tôt et qui l'entraînaient dans d'interminables disputes avec les plus jeunes membres de la famille qui tenaient à lui rappeler combien il était vieux, combien il était déconnecté.

J'appréciais Oncle Joe. Il dégageait une sincérité que je trouvais attachante. Il voyait le monde changer autour de lui et ne le comprenait pas, mais il l'admettait promptement et posait des questions, il essayait de comprendre. Je ne pouvais pas lui en vouloir pour ça. J'avais pris l'habitude de le chercher pendant les réunions de famille et de m'asseoir à côté de lui.

Un jour, il m'attira à l'écart. Un de ses petits-fils avait récemment fait son coming out et il avait besoin d'en parler.

« Je voudrais te poser des questions sur, eh bien, j'imagine qu'on les appelle les homosexuels. » *Hommes-au-sexuel.* J'étais presque certaine qu'il n'avait encore jamais prononcé ce mot à voix haute. « Pourquoi faut-il qu'ils soient tous attirés par les arts ? » Il me dévisagea avec franchise.

« Je vois où vous voulez en venir, Joe. Enfin, je n'emploierais pas ces mots mais il est vrai que beaucoup d'hommes gays sont attirés par les carrières artistiques. J'ignore pourquoi, exactement. Je pourrais émettre quelques hypothèses mais je n'ai jamais lu aucune étude à ce sujet.

— Mais c'est vrai, non ?

— Il y a une part de vérité. Oui. »

De la paume, il frappa la table en un geste triomphal, puis il prit mon visage entre ses mains et me déposa une bise sur la joue.

« Je le savais, lâcha-t-il. Très bien. Tu le formules mieux que moi. Je voulais dire la même foutue chose. Dans cette famille, tout le monde cherche sans arrêt à se disputer avec moi. Avec toi, je peux avoir une vraie conversation. » Il inspira l'air entre ses dents, satisfait, et marmonna dans sa barbe : « Enfin quelqu'un avec qui je peux discuter, dans cette famille. »

Nous restâmes assis là quelques minutes, puis il détourna le regard et se racla la gorge.

« Tu sais qu'il est bénévole au foyer d'accueil ? Il sert des repas aux sans-abri. Il passe la moitié de ses dimanches là-bas. Combien de jeunes font ça, de nos jours ?

— C'est un bon gars, dis-je. Beaucoup de sans-abri ont des troubles du comportement. Des vétérans, aussi, beaucoup de vétérans.

— Exactement. Les vétérans reviennent du combat et il n'y a rien pour eux. Aucun secours. Tout le monde s'en fout. Lui, il va les aider.

— Je sais que vous êtes fier de lui.

— Bien sûr, que je suis fier de lui », lâcha-t-il d'un

ton sec. Il détourna encore les yeux. « C'est mon petit-fils, non ?

— Je lui raconte toujours comment vous crânez à son sujet quand vous me parlez de lui. À chaque fois que je le vois, je lui dis combien vous êtes fier de lui.

— C'est vrai ? » Il refusait encore de me regarder. « Bien. C'est bien que vous le fassiez. Très bien. »

À la mort de Joe, j'allai à son enterrement. Oui, évidemment que j'allai à son enterrement : il avait été un copain, d'abord, et mon complice au cours de quinze années de repas de famille le dimanche, à Noël, à Thanksgiving, aux matchs de foot, aux mariages et aux baptêmes. Mais même sans ça, j'y serais allée. Je faisais encore partie de cette famille et je pensais que ce serait le cas pour toujours, plus ou moins. Je resterais dans les parages, après tout, je resterais la mère de mon fils, la tante de mes neveux. Les documents officiels étaient prêts mais nous n'étions pas divorcés, pas encore, pas même séparés.

Quand j'arrivai à l'église, avec trente minutes d'avance, la salle était déjà presque pleine. Joe était un vieux grincheux au langage cru mais il était respecté au sein de la communauté et tout le monde était présent pour les derniers adieux. Les six bancs proches de l'autel, réservés à la famille, affichaient quasiment complets. Je les inspectai depuis l'allée pour voir où je pourrais me faufiler, à côté de qui m'asseoir, peut-être avec mes belles-sœurs ou des cousins quelconques, quand j'aperçus au troisième rang, mêlés au reste de la famille, mon mari et sa copine. Et, entre eux, mon fils de quatre ans.

À l'église. Dans l'église de mes grands-parents, l'église que mon père avait tant chérie. Je ne suis pas sûre de pouvoir vous décrire l'importance de la chose, ce que cela signifiait. C'était une profonde et cuisante humiliation, un effacement public, et le choc, lorsqu'il me heurta, fut d'autant plus violent qu'il n'émanait pas du geste isolé d'une seule personne.

Dans une relation amoureuse, on sait toujours que la situation pourrait un jour déraper ; les maris s'en vont – ce n'est pas inédit dans l'histoire de l'humanité –, mais cette trahison-là avait été fomentée par tous. Ma belle-sœur, qui avait été mon amie depuis notre premier jour de lycée. Son époux : je leur avais organisé un blind date. Ma belle-mère, qui me déposait une bise discrète sur la joue et me murmurait à l'oreille « Tu es ma fille. » Mes neveux, que j'avais aimés comme mes propres enfants depuis leur naissance. Les cousins germains, les cousins au second degré, les grands-tantes et les grands-oncles et tous les gens que j'avais pris pour des membres de ma famille : je découvris qu'il n'en était rien. Ils n'avaient jamais été à moi pour toujours.

Des centaines de personnes remplissaient l'église ce matin-là, à l'enterrement de Joe. Aucun membre de la famille ne me salua.

Si Joe avait pu voir ça, il leur aurait dit à tous d'aller se faire voir, j'imagine. J'en suis presque certaine.

Après l'éloge funèbre, des voitures s'alignèrent par douzaines tandis que le cortège se formait en direction du cimetière. J'attendis à la porte de l'église que mon fils sorte de son petit pas de bambin, afin de l'enlacer et le couvrir de baisers. Je crois qu'en cet instant, j'hésitais encore à me rendre à la maison de ma belle-famille pour aider à servir le déjeuner aux endeuillés. (Je ne suis pas très rapide à la détente, je sais.)

L'église était presque vide, le corbillard était prêt et enfin, enfin, ils sortirent. Rien que mon mari et mon fils, cette fois. Mon petit garçon courut vers moi et me sauta dessus pour m'étreindre, passa ses bras autour de mon cou, refusant de lâcher prise. Mon mari entreprit de me l'arracher, écartant ses doigts de ma nuque, et je lui dis :

« Laisse-lui une minute, c'est une journée difficile, laisse-lui une seconde pour dire au revoir. »

Mais il continua à tirer.

« Lâche. Lâche ta mère, maintenant. On s'en va. Ça suffit. »

J'insistai :

« Attends. Détends-toi. Laisse-lui une minute. »

Il tirait toujours, mon fils s'accrochait à mon cou, et l'instant d'après, c'était fini.

Il s'éloigna avec mon fils dans les bras, et mon petit garçon était à présent furieux, il sanglotait et battait des pieds, me réclamait en hurlant.

Je demeurai plantée là, à les regarder partir. Je n'osais pas bouger, intervenir ou faire une scène, de peur d'aggraver une situation déjà horrible. Je jetai un coup d'œil dans l'église et constatai que tout le monde était parti, même les vieux sacristains et les retardataires. Personne vers qui me tourner et dire : « Vous avez vu ça ? Qu'est-ce que je dois faire ? »

J'étais en train de regagner ma voiture quand je vis devant moi, sur le parking de l'église, les douzaines de véhicules du cortège funéraire, alignés derrière le corbillard, prêts à partir au cimetière. Les membres de la famille, tous sans exception, étaient restés là à regarder, et aucun d'eux n'avait ouvert la bouche.

Je suis sans voix. Des vandales sont entrés dans la fontaine de la place principale de Crooked Path et en ont siphonné tous les souhaits.

Je reçus un colis par la poste, à peu près à cette époque, envoyé par un expéditeur anonyme. Sans adresse de retour. Sans courrier d'accompagnement. Mon nom et mon adresse étaient tapés à l'ordinateur. Il s'agissait d'un livre de poche, *Faire passer les enfants en priorité. Stratégies efficaces de parentalité pour aider les enfants à s'épanouir après un divorce*, par JoAnne Pedro-Carroll. Qui pouvait bien m'envoyer une chose pareille sous couvert d'anonymat ? C'était forcément quelqu'un qui me connaissait, qui savait que mon mari m'avait quittée, mais qui n'avait pas une image de moi assez nette pour savoir que je me pliais en quatre afin de faire passer mon enfant en priorité. Quel genre d'individu envoyait un livre de développement personnel de façon anonyme ? Je téléphonai ici et là, posai la question, mais personne n'avoua me l'avoir envoyé. Ce pouvait être n'importe qui.

Était-il possible que, toute ma vie, je me sois entourée de monstres sans même m'en rendre compte ?

La seule prédiction que j'accepte, c'est celle qui m'annoncera quand et comment mourront mes ennemis.

Il y a des opinions que j'ai amassées au fil du temps, par l'expérience ou l'observation, comme n'importe qui, et puis il y a les vérités fondamentales dont j'ai conscience sur un plan purement cellulaire. J'ai un long passé en tant que forme de vie carbonique, après tout. Les oiseaux savent quand migrer. Un enfant sait lorsqu'il n'a pas été désiré. Dans mon esprit, je vois la feuille de papier sur laquelle l'histoire s'écrit en permanence. Je vois devant moi le titre que Duchess a donné à ses mémoires, des années plus tôt, et qu'elle décrit comme une contemplation réconfortante des relations mère-fille : *Pas si je te tue d'abord.*

Cette Duchess Goldblatt, bon sang. Elle a toujours le dernier mot.

> J'ai des frais généraux colossaux. A CP, chacun
> palpe: barmans, festivaliers, témoins innocents.
> Même les fantômes touchent des indemnités.

Je suis allée consulter un médium, un jour, par curiosité, après la mort de mon père.

« Votre père dit que votre mère était très intelligente, avança-t-elle, mais que vous avez tout hérité de lui. »

Je souris et lui payai les dix dollars de la séance. Elle était sur la bonne piste, plus ou moins, mais je savais qu'elle n'entendait pas la voix de mon père. Il n'aurait jamais tenu des propos aussi désobligeants. Ma mère était intelligente, c'est vrai, mais elle était aussi méchante, au plus profond de son être. (Pourquoi votre père l'a-t-il épousée, alors ? me demanderez-vous. Bonne question. Je l'ai moi-même retournée toute ma vie, et j'en suis arrivée à la conclusion suivante : je n'en ai pas la moindre foutue idée.)

Il existe deux écoles de pensée pour expliquer la nuit où ma mère a fait une overdose et s'est retrouvée à subir un lavage d'estomac à l'hôpital.

« J'ai avalé des comprimés, dirait-elle plus tard, mais je crois que j'ai raté mon coup. »

La première école de pensée, sans doute la plus généreuse, affirme qu'elle essayait simplement de se tuer, mais de ne tuer qu'elle.

Elle ignorait peut-être totalement qu'elle était enceinte de moi.

Elle ne cherchait peut-être pas à provoquer un avortement.

La deuxième école de pensée – qui est la mienne – affirme le contraire.

> L'illumination n'est pas un état, mes amis.
> C'est un territoire américain autonome, de la taille
> de Guam. J'y passe parfois mes après-midi.

7

Si vous obtenez un diplôme honorifique, n'acceptez qu'un seul versement de lauriers. Trois versements à crédit, c'est pour les pigeons.

Un jour, je me suis dit qu'il serait amusant que Duchess Goldblatt crée un prix à son nom. Un prix littéraire très prestigieux naturellement. L'équivalent du prix Pulitzer, du Booker Prize ou du National Book Award. Peut-être un peu plus important que le Booker, à bien y réfléchir ; elle estime qu'elle a meilleur goût, que sa marque a plus d'influence.

Je (plus exactement, Duchess) suggérai l'idée dans un message privé à mon ami Jon, professeur d'études cinématographiques à New York. Jon – qui me donne l'impression d'être un ami car il adore Duchess, mais qui en réalité ne me connaît pas du tout – proposa de composer un groupe de jurés en chair et en os, afin d'apporter au prix un semblant de crédibilité.

Ce serait encore plus amusant, pensais-je, s'il n'y avait ni vrai jury, ni critères de sélection, ni soumissions, et que l'unique crédibilité découle de l'aval de Duchess. Elle affirme qu'un groupe de jurés reste séquestré des semaines entières à Crooked Path afin de voter pour les ouvrages d'une présélection tenue secrète. La vérité c'est que je choisis les livres que j'aime. Je m'en tiens à la fiction américaine, récente ou presque, des auteurs qui suivent Duchess sur les réseaux sociaux. Bien évidemment, il y a d'autres auteurs que j'apprécie et qui ne lisent pas Duchess Goldblatt, mais je me dis qu'ils ne verraient pas l'intérêt de remporter un prix fictif. Duchess n'attribue pas de prix aux documents – elle prétend que les documents ne sont bons que pour les sociopathes, les enfants et les dangereux criminels – et ça, c'est elle qui s'amuse à mes dépens avec une légère mesquinerie, car je suis moi-même auteure de documents. Je suis la seule à savoir qu'elle se moque de moi et je ris toujours en douce, même si, techniquement, c'est moi qui suis derrière tout ça.

> J'ai pour compagnon de beuverie un poète lauréat.
> Nous partons ensemble faire le plein de souhaits
> d'enfants, et les exauçons un à un.

8

> J'ai inventé un dessert glacé: le souvenir d'un
> premier baiser entre deux couches de crème.
> Il faut le manger vite; l'umami est éphémère.

Le prix Goldblatt est une récompense annuelle, peu ou prou, selon le moment où je trouve le temps de m'y consacrer. La première année, il eut lieu en juin mais comme en juin de l'année suivante j'avais beaucoup de travail, je crois qu'il a été décerné aux alentours de septembre.

Les lauréats du prix Goldblatt, à ce jour :

Elizabeth McCraken, *Thunderstruck & Other Stories*
Celeste Ng, *Tout ce qu'on ne s'est jamais dit*
Alexander Chee, *The Queen of the Night*
Laura Lippman, *Corps inflammables*

Le trophée en lui-même est immatériel, ce qui ne veut pas dire factice. J'envoyai à Elizabeth McCracken un mug issu d'une collection signée Roz Chast, sachant qu'elle appréciait cette dessinatrice. À Celeste Ng, j'envoyai un stylo où j'avais fait graver PRIX GOLDBLATT. J'oubliai d'envoyer une récompense matérielle à Alexander Chee pendant presque un an, puis je fis réaliser un mug avec la couverture de son livre orné du sceau du prix Goldblatt.

Par ailleurs, ça vous amusera peut-être de le savoir, ça fait deux années de suite que Jon appuie la candidature de son amie Duchess Goldblatt pour un diplôme honorifique dans l'université où il enseigne. J'ignore exactement pourquoi Duchess n'a pas encore été reconnue par le monde universitaire. Simple omission, sans doute.

> Les écrivains font des convives divertissants, mais un conseil d'ami: surveillez vos bons souvenirs. Ils finiraient démantelés et recyclés.

Une chanson populaire passait à la radio.

« Qu'est-ce qu'il dit ? Ça veut dire quoi ? me demanda mon fils âgé de cinq ans.

— Il parle d'une cabine téléphonique », répondis-je.

Et je me rendis compte qu'il était trop jeune pour connaître cette expression. Il n'avait jamais vu de cabine.

« Avant les téléphones portables, on allait téléphoner dans une cabine téléphonique au coin de la rue, qui servait à tout le monde. On mettait une pièce dans la fente et on pouvait passer un appel.

— Non, dit-il. “Appeler à la maison.” Qu'est-ce que ça signifie, “appeler à la maison” ?

— Appeler chez lui, sur le téléphone fixe. C'est un téléphone filaire installé dans une maison.

— Ça veut rien dire, “appeler à la maison”. » Il tapa du pied. « La maison, c'est quelqu'un. »

J'acquiesçai. C'était bien mon fils, ça !

« Tu as raison. La maison, c'est quelqu'un. »

> Je pars rencontrer un homme saint sur une montagne, parler de guérison par la foi. J'ignore quels maux l'affligent mais je ferai au mieux.

Je vais peut-être vous donner quelques exemples pour vous montrer combien les gens étaient attachés à Duchess, combien elle comptait pour eux. Ils l'emmenaient chez leur psychiatre et parlaient d'elle. (Pourquoi ? Que racontaient-ils à son sujet ? Ça me dépasse. J'ai demandé des transcriptions de ces séances psychiatriques en rapport avec Duchess Goldblatt ; apparemment, il n'en existe aucune, encore une de ces fumisteries du corps médical occidental.) Ils imprimaient son portrait et le posaient sur leur bureau au boulot. (Je le sais car ils m'envoyaient des photos de leur poste de travail où trônait le portrait.) Ils lisaient ses écrits à voix haute chaque soir, à table. Ils créaient des tapis de souris, des badges, des tissus à son effigie. Ils parlaient d'elle à leur famille. Les parents lisaient ses publications à leurs enfants à l'heure du coucher. Ils écrivaient à son sujet dans leurs journaux intimes. Leurs maris, femmes, mères, enfants leur demandaient : « Qu'est-ce que Duchess Goldblatt a fait de beau, aujourd'hui ? » (Duchess en fait beaucoup selon tous les critères, mais pour une personne qui n'existe pas, je la qualifierais d'hyperactive.)

Et ils lui écrivaient des courriers. Un échantillon rien que pour vous.

> Duchess —
>
> Comme toujours, vous êtes dans mes pensées et dans mon cœur, et je tiens à vous envoyer amour, lumière et gratitude pour tout ce que vous nous avez

apporté, à moi et à tant d'autres. J'espère avec ferveur, je souhaite et je prie à ma façon que vous puissiez savourer en retour une portion de ce réconfort, de cette chaleur et de cet amour.

Salut Duchess —

Je vous suis depuis un moment déjà. Mes amis et moi à Washington ne savons plus quoi faire. Nous formons un groupe d'amis un peu étrange, composé d'éléments en marge de la société, bien que la plupart d'entre nous puissent passer pour normaux, disons. L'un de nous est gay, un autre goth, je suis l'intello binoclard, il y a un juif, une Noire, un Libanais, et d'autres encore… On est désemparés. Nous vivons dans la ville la plus puissante au monde mais c'est comme si un vortex s'était ouvert devant nous. Merci de nous écouter, et merci d'être là pour nous.

Chère Duchess,

Merci de me rappeler quotidiennement combien les Américains peuvent être bons et généreux.

Chère Duchess :

Je sais que vous êtes très occupée, mais je voulais prendre le temps de vous dire ce que vous signifiiez pour moi. Vous avez illuminé mon cœur, à n'en pas douter. Vous donnez même de l'importance à la solitude. Merci !

Bonjour Duchess,

Je promets de reconnaître Duchess dans la gentillesse des inconnus et de pratiquer des actes aléatoires de bonté goldblattienne. J'ignore totalement qui vous êtes mais je suis heureux que vous soyez là, et dans nos vies. Mes amitiés, votre grâce.

Duchess —

Vous êtes la lumière et l'énergie dont ce monde a besoin, et je serai à jamais reconnaissante de vous avoir trouvée.

Votre Altesse,

Je parcourais votre fil, comme il m'arrive parfois de le faire en quête de réconfort. J'ai bien ri en lisant les posts sur le concours canin de Duchess Goldblatt. Puis je suis arrivée à celui où vous parliez d'être le refuge des cœurs brisés, et j'ai eu envie de vous envoyer ces quelques lignes. J'ai le cœur brisé, Duchess. Vous n'êtes pas obligée de répondre, mais merci d'être mon amie.
Affections —

Oh, Duchess,

La générosité avec laquelle vous entretenez les liens est rare et je vous en suis profondément reconnaissante. J'aimerais tant avoir un chien pour l'inscrire au concours canin. J'adore regarder vos événements canins et félins, et ils auront désormais encore plus d'importance. Duchess Goldblatt m'a sauvée, moi aussi, de la plus belle et de la plus gracieuse des manières. Et de savoir que vous et vos abonnés êtes là, quelque part, à célébrer la bonté et l'amour, à rejeter la haine et la malveillance, voilà qui continue de me donner force, sécurité et protection (mes proches autour de moi m'aident aussi).

Avoir vu votre persévérance et votre résilience, avoir reçu votre abondante compassion tant de fois, me donne l'impression que je serai capable de protéger le noyau de bonté blotti au fond de moi, même si je dois accepter de terribles éléments extérieurs impossibles à contrôler. À mon tour de vous envoyer tout mon amour, Duchess. Comme vous, je suis convaincue que l'amour vaincra.

xoxo

PS : Je sais que vous êtes quelqu'un de très occupé avec dc nombreux amis et je vous écris sans attendre la moindre réponse.

Chère Duchess Goldblatt,

Bien évidemment, je n'ai pas pu résister à vous envoyer un mail. Fictive ou non, vous êtes un modèle de bonté, à mes yeux et à tant d'autres. Je ne sais pas comment vous y parvenez, mais vous donnez l'impression que le monde est sans danger, joyeusement spirituel et plein d'espoir : parfait, en d'autres termes. J'ai le cœur brisé devant l'éruption de haine et de colère qui explose dans ce pays. Je m'inquiète pour tous ceux que j'aime et qui risquent de perdre l'accès aux soins médicaux.

Voici ce que j'aimerais savoir : qui prend soin de Duchess, quand elle prend soin de tant d'autres autour d'elle ?

Allez demander un permis pour une plateforme métaphorique capable d'héberger deux voix trop haut perchées. Les ingénieurs vous haïront.

Je remonte le temps pour tendre la main à ma mère plus jeune que moi aujourd'hui ; je vois maintenant comme elle était désespérée, comme elle était mal dans sa peau, enceinte pour la deuxième fois, accablée et épuisée et je n'éprouve plus pour elle que de la compassion. Je m'introduis en douce par la fenêtre de ces horribles lieux où j'étais si peu la bienvenue à l'époque, et j'y trouve un peu de paix.

« *Homo sum, humani nihil a me alienum puto* », écrivait le dramaturge romain Térence, des siècles avant l'ère du Christ. « Je suis un homme, rien de ce qui est humain ne m'est étranger. »

> Cueillez un maximum de stalactites. Ramenez-les à la vie dans l'évier de la cuisine. Applaudissez quand elles changeront d'état.

« J'ai donné mon numéro de téléphone à un ami de Duchess, dis-je à Chuck.

— Ton vrai numéro ? Pourquoi ?

— Eh bien, il est alcoolique. Il n'a pas de travail et il est plus ou moins entre deux logements, et…

— Bon sang, lâcha Chuck.

— Il est mal en point. Il a besoin d'un ami. J'ai pensé que s'il entendait une voix amicale, tu vois, je pourrais… »

Je ne terminai pas ma phrase. J'ignorais ce que je pensais pouvoir faire. Lui parler un moment. L'aider.

« Il sait qui tu es ? Où tu habites ?

— Non, répondis-je. Ce n'est pas ce que tu crois, je ne risque rien. Il est à des milliers de kilomètres d'ici, de toute façon. »

Il grimaça.

« Détends-toi. Il ne va rien m'arriver juste parce que j'ai discuté au téléphone avec une personne triste et esseulée. Si tu veux tout savoir, j'ai la certitude au plus profond de moi que je n'ai pas à m'inquiéter d'un potentiel danger avec un inconnu. Je le vois clairement dans mon esprit. Rien de mal ne viendra des inconnus. Toutes mes blessures mortelles m'ont toujours été infligées par les personnes qui m'étaient le plus proches.

— Tu dois arrêter de percevoir les gens comme des projets, dit Chuck.

— Je sais.

— Tu ne peux pas sauver le monde.

— Je sais. Mais ça ne me coûte rien d'être gentille, si ?

— Si, ça te coûte quelque chose. Essaie de prendre soin de toi, pour une fois. »

Je ne répondis pas.

« Tu sais que je te soutiendrai toujours », ajouta-t-il.

J'acquiesçai. Je savais que c'était sincère. Chuck m'avait lancé une bouée de sauvetage en m'offrant un travail quand j'en avais désespérément besoin, quand j'étais en miettes, terrifiée par l'avenir, dans tous mes états et épuisée, bonne à rien pour les gens autour de moi, à sec aussi bien sur le plan physique que financier.

« Et je sais que tu es là, cachée quelque part à l'intérieur, dit-il encore. Tu étais si vive, si intelligente. J'ai besoin que tu me reviennes tout entière. D'accord ? J'ai besoin que tu sois à 100 %. Je sais que tu en es capable. Promets-moi que tu prendras soin de toi. Fais le nécessaire pour y arriver : prends des congés, peu importe. Mais reviens.

— J'essaie. »

Il garda les yeux rivés sur les miens.

« Enfin, oui, je veux dire. Oui, j'y arriverai », dis-je.

J'ai payé plus cher un téléphone avec régressions et non mises à jour. Il me renvoie à celle que j'étais ce matin, la semaine dernière, 1986.

9

> Je suis la joie et la lumière incarnées,
> mais Lyle Lovett s'est abonné à Sarah Palin et pas
> à moi. Je risque de ne pas m'en remettre.

Elle est bonne, celle-là!
– Lyle Lovett

> Lyle, vous venez de m'apporter une immense,
> immense joie. Je n'ai pas de mots.

J'avais gagné un abonné.

Alors admettons, de façon hypothétique, que l'un de vos artistes musicaux préférés, celui que vous êtes allé voir en concert dans différentes villes, encore et encore, celui que vous suivez, aimez et écoutez depuis plus de vingt ans, se retourne soudain et vous salue. Je n'avais jamais imaginé ni même espéré qu'il me repère sur les réseaux sociaux ; croyez-moi, ça ne m'avait même pas traversé l'esprit.

Personne ne s'attend à ce que le paradis ouvre ses portes, ni que les étoiles pivotent dans le ciel et fassent un vœu en nous suivant des yeux.

Je n'ai pas honte de vous avouer que j'ai pleuré

quand il a commencé à me suivre. J'appelai Chuck pour le lui annoncer.

« C'est génial ! s'écria-t-il, gagné par mon enthousiasme. Mais ça veut dire quoi, exactement, qu'il te suit ?

— Pas grand-chose, en fait. Ça veut dire qu'il a cliqué sur le bouton « suivre », et que les publications de Duchess apparaîtront sur son fil où il pourra les voir. Ça veut dire qu'il a conscience de mon existence, c'est tout.

— Mais ce n'est pas de *ton* existence qu'il a conscience, si ? rétorqua Chuck. Il connaît Duchess Goldblatt. Toi, il ne te connaît pas du tout.

— Et alors ? Il n'a pas besoin de me connaître. Je sais que c'est moi. Lui, il sait que c'est quelqu'un, qu'il l'apprécie, alors on peut supposer sans prendre de risque qu'il m'apprécie.

— Ah non. N'essaie même pas. Duchess, ce n'est pas toi. Tu dis toujours que ce n'est pas toi. Que c'est une autre personne qui vit dans ta tête.

— M'en fiche, maintenant, Duchess c'est moi. Du moment que Lyle Lovett apprécie Duchess Goldblatt, je suis prête à admettre que Duchess Goldblatt, c'est moi.

— Enfin ! Dis à Duchess que je suis très heureux pour vous deux. »

> Cessez, s'il vous plaît, d'agiter vos boules à neige
> commémoratives à l'effigie de Duchess Goldblatt.
> Vous savez bien que ça me réveille.

Duchess :

Merci pour vos clins d'œil. J'adore votre style – si spirituel, si vif. Chaque jour, je me réjouis à l'avance de lire vos posts. Continuez ce beau boulot. Je continuerai à vous suivre.

Sérieusement, si vous souhaitez assister, vous et vos proches, à un de mes concerts en tant qu'invités, faites-moi signe. — Lyle.

Mon Dieu, ce serait l'honneur de toute une vie. Merci beaucoup, beaucoup. Un jour, je vous prendrai au mot ! — DG

Faites, je vous en prie. Merci d'être si bonne envers nous tous, Votre Grâce. Je chanterai un morceau pour vous ce soir, à Goshen. — Lyle

Maintenant que vous avez écrit "Je chanterai un morceau pour vous", je me vois obligée de vous demander de quelle chanson il s'agit. — DG

Pardonnez ma réponse tardive, Votre Grâce. Je ne me suis pas réveillé quand le bus est arrivé à Madison ce matin. C'était *If I Had a Boat.* — Lyle

!! Je serais incapable de choisir ma chanson préférée parmi votre répertoire, mais quand je vous ai vu en concert il y a cinq ans, j'ai entendu celle-ci et j'ai fondu en larmes – avec cette impression de retrouver un vieil ami à une soirée, vous voyez. — DG

C'est gentil à vous de dire ça. J'aime beaucoup nos échanges. Si vous choisissez un jour de vous révéler au grand jour, ce serait un honneur de vous rencontrer. — Lyle

> J'ignore pourquoi vous êtes si gentil avec moi, mais je vous en suis reconnaissante. Un jour, je ferai en sorte de vous rencontrer. — DG

Lyle Lovett et Duchess Goldblatt prirent l'habitude de ces conversations amicales, publiques, sur Internet, à travers leurs commentaires et leurs publications partagées. Ils se répondaient régulièrement. Des internautes virent leur amitié croître en temps réel, louèrent l'absurde et amusant batifolage, sous leurs yeux, d'une légende de la musique avec un personnage fictif. Puis vint un jour où, suffisamment encouragée, je consultai les dates de tournée de Lyle Lovett. J'appris qu'il devait jouer non loin de chez moi, une semaine plus tard. Par « non loin de chez moi », j'entends presque cinq cents kilomètres, ce qui aurait été trop loin en temps normal pour entreprendre un trajet à l'improviste, mais il se trouve que le concert était prévu le premier vendredi du mois. L'État avait ordonné que mon fils passe les premiers vendredis chez son père, ce qui me laissait seule pendant vingt-quatre heures. J'en étais venue à détester les vendredis encore plus que les dimanches. Ils m'apportaient un sentiment de solitude mais, pire que tout, ils chamboulaient le rythme de mon fils, et quand arrivait le lundi matin, il était toujours exténué après le stress d'une nouvelle séparation. Je savais qu'il n'y aurait pas de meilleure façon de combler ces heures vides que de prendre un jour de congé et de faire cinq heures de route pour écouter Lyle en concert. J'achetai un billet sur Internet et l'informai par message de ma venue.

C'est vrai ? Ce serait un honneur de vous fournir des billets et un pass backstage pour vous et votre partenaire. Pourrait-on se saluer avant le concert ? — Lyle

C'est adorable, Lyle. Mais plutôt mourir que de vous déranger. Je suis ravie d'avoir acheté mon propre billet. Je viens seule. Ça me briserait le cœur de ne pas vous saluer. Allons-y pour un secret que personne d'autre ne connaît. Je m'appelle —

Merci de me l'avoir confié. Votre secret est bien gardé. Arrangeons-nous pour nous retrouver avant le concert. Ça ne nous empêchera pas de nous voir après, si vous voulez. Prévenez-moi quand vous approchez, qu'on se tienne prêts. — Lyle

La veille au soir, je commençai à me rendre à l'évidence. J'allais le rencontrer pour de vrai ! En personne ! Mon excitation était telle que j'avais du mal à réaliser. Je me souviens que j'étais au milieu d'un groupe d'inconnus quand le nom de Lyle s'afficha sur l'écran de mon téléphone, accompagnant un SMS. Mes mains se mirent à trembler.

Vous prévoyez toujours de venir demain ? — Lyle

Bon, eh bien voilà, pensai-je. La fête est finie. Je vais mourir d'une crise cardiaque, ici et maintenant. Mon cœur va exploser en mille morceaux, je vais m'effondrer sur place, terrassée, et je n'aurai jamais l'occasion de le rencontrer. Impossible que mon vieux cœur brisé survive à cela.

Et puis je me rendis compte qu'il ne s'adressait pas à moi. Il s'adressait à elle. Et Duchess n'aurait jamais été nerveuse de converser avec qui que ce soit. Elle lui aurait parlé d'égal à égal.

Alors je la laissai prendre la parole.

Bien sûr que je prévois toujours de venir. Et vous ? Loin de moi l'idée de vous dicter votre conduite, mais je crois que le concert en pâtirait si vous ne veniez pas. — DG

Vous êtes vraiment marrante. Oui, j'y serai. J'aimerais croire que le concert en pâtirait, mais rien n'est moins sûr, et c'est ça le plus effrayant. J'ai hâte de vous rencontrer. — Lyle

10

> Je mourrai comme j'ai vécu: en riant de mes propres blagues et, probablement, en m'étouffant avec une touillette à café.

Lyle m'avait proposé de venir accompagnée. Qui pouvais-je inviter ? Je n'avais personne. Ni meilleur ami ni acolyte, pas de complice ; personne qui ait envie de parcourir des centaines de kilomètres avec moi, pour le plaisir de rencontrer mon préféré parmi mes préférés. Les goûts de Chuck en matière de musique tendaient davantage vers l'industriel, des mélodies créées en frappant des casseroles et des poêles dans une usine d'armement vide quelque part en Belgique, sans compter qu'il avait à la maison de jeunes enfants et une femme qui avait depuis longtemps coupé court à tout périple pour assister à un concert dans un autre État.

Et soyons honnête : je n'avais pas envie de partager ces instants. L'occasion était bien trop précieuse pour que je la partage avec qui que ce soit. Personne dans mon entourage n'aimait sa musique comme je l'aimais. Je m'y rendis seule.

Je voulais lui apporter un cadeau, quelque chose qui

lui montrerait combien je mesurais ma chance de le rencontrer. Mais quel genre de cadeau ?

Ce n'était pas dans un magasin que j'allais trouver ça. J'essayai de penser à un livre qu'il apprécierait. En temps normal, je ne voyais pas de meilleur cadeau à offrir qu'un livre que j'avais aimé.

Mais quel que soit le livre que je choisisse, ce serait un cadeau venant de moi, et non de Duchess. Et c'était elle qu'il souhaitait rencontrer ; c'était elle, son amie, pas moi, et Duchess n'offrirait jamais à Lyle Lovett un livre d'un autre écrivain qu'elle. Elle s'autoproclamait la plus grande auteure américaine. Dans le top cinq, du moins. Elle se serait fait une joie de lui offrir un de ses livres, dans sa première édition, et dédicacé ; mais bien entendu, ses livres n'existaient pas.

Duchess se percevait comme une éminence culturelle, une star, et je réfléchis au genre de cadeau qu'une star offrirait à un semblable. Je me souvins des stars des classiques hollywoodiens. Les fans leur écrivaient des lettres, adressées aux grands studios, et elles leur renvoyaient parfois des portraits glamours en 20 × 25 dédicacés. C'était parfait. Offrir à Lyle Lovett un autoportrait dédicacé serait goldblattien à l'extrême.

Je fis imprimer quelques petites reproductions du *Portrait d'une dame âgée* de Frans Hals, et en dédicaçai une au feutre Sharpie :

Pour Lyle, xo
Votre amie, Duchess

Je regardai à nouveau l'image et j'éclatai de rire. Impeccable.

Si vous portez un verre de vin vide à votre oreille,
vous entendrez le rire de Duchess Goldblatt.

J'arrivai dans la ville où avait lieu le concert et trouvai la salle. C'était un vieil opéra, dans mon souvenir, qui avait été magnifiquement restauré et avait retrouvé sa gloire d'antan. Je choisis un coin du hall d'entrée pour observer la foule. L'endroit était bondé ; partout des couples et des groupes d'amis. Je restai à l'écart, et j'adressai un SMS au numéro du tour manager que m'avait envoyé Lyle. Au bout d'un moment, un homme en costume vint à ma rencontre.

« J'ai vos billets, dit-il en sortant une enveloppe de sa poche.

— Fallait pas, j'ai déjà acheté le mien.

— Oh, non. Non, non. Vous êtes son invitée.

— Non, ça me fait plaisir de soutenir le concert et d'acheter mon billet, rétorquai-je. Ça fait des années que j'assiste à ses concerts. J'achète toujours mon billet.

— Hors de question. Il ne l'acceptera pas. »

Il semblait presque nerveux. Il passa la tête dans le guichet et leur donna mon nom, demandant le remboursement de mon billet, puis je le suivis dans les coulisses en quête du chanteur en chair et en os.

J'avais fait un rêve, quelques mois plus tôt, dans lequel je rencontrais Lyle Lovett en personne, et la déception sur son visage en me voyant m'avait brisé le cœur. Je n'avais jamais imaginé qu'il puisse ne pas être déçu en me voyant. Il le serait forcément. Duchess est magique, pas moi. J'étais tentée de refuser de le rencontrer. Peut-être valait-il mieux le laisser entretenir cette illusion qu'il avait de Duchess Goldblatt, glorieuse fiction vivante.

Mais, égoïstement, je l'aimais depuis si longtemps et il était si cher à mon cœur que je ne pouvais laisser passer l'occasion, même si cela devait mettre un terme à ces amusantes conversations que nous entretenions en ligne. Il perdrait très vite tout intérêt pour Duchess Goldblatt. Une fois qu'il connaîtrait mon secret, il s'ennuierait et passerait à autre chose, et je pouvais le comprendre. Je me fis une raison. Duchess m'avait apporté cet extraordinaire cadeau : grâce à elle, j'allais rencontrer Lyle Lovett pendant quelques secondes, lui serrer la main, lui dire combien je l'aimais, et ça resterait un des grands moments de ma vie.

C'était déjà bien plus que je n'aurais pu espérer.

Je suivis le tour manager dans le dédale des coulisses de ce superbe théâtre ancien, descendis une volée de marches par-ci, m'engouffrai dans un étroit passage par-là. Arrivés enfin en bas d'un escalier au sous-sol, il me tint la porte ouverte, puis repartit en sens inverse.

Debout à quelques mètres de moi, le dos tourné, vêtu d'un jean et d'une chemise à carreaux, se tenait Lyle Lovett. Il pivota et me regarda.

J'éclatai en sanglots. Pas les pleurs distingués des films, non ; pas de larme solitaire qui roule sur un visage élégamment éclairé. Plutôt de vilains sanglots étranges et haletants, tandis que je restais plantée sous la lumière des néons. Je hoquetais, chialais, mes yeux déversaient des flots de larmes, mon nez se mit à dégouliner. J'ignore ce que j'essayai de lui dire, quelque chose comme « Je suis tellement ravie de vous rencontrer » et « Votre musique a tellement compté pour moi, toutes ces années », ce genre de trucs. Sans doute ce que lui aurait dit n'importe quel fan de longue date, mais les mots jaillirent en un bafouillement humide.

Il acquiesça une ou deux fois.

« Merci beaucoup », dit-il.

Il jeta un coup d'œil derrière moi. Il cherchait son manager. L'expression sur son visage. Je la connaissais.

J'y avais recours quand je croisais une personne louche dans une ruelle la nuit. Je lisais dans son regard qu'il se demandait pourquoi on l'avait laissé seul avec une barjo en cavale.

Il n'avait aucune idée de qui j'étais.

« Lyle », dis-je, sans cesser de pleurer, m'efforçant de reprendre haleine. Je me ressaisis. « C'est moi.

— Pardon ?

— C'est moi. » Je me montrai du doigt, bêtement, comme si cela pouvait aider. « Je suis Duchess. »

Il en resta bouche bée. Littéralement. Je n'avais jamais vu ça en vrai.

« C'est *toi*, Duchess ? lâcha-t-il. Je croyais que Duchess était une petite vieille ou un mec gay ! »

Voilà qui stoppa net mes sanglots. Je soupirai.

« Pourquoi tout le monde me prend pour un mec gay, Lyle ?

— Je ne sais pas. Peut-être parce que tu es tellement marrante. C'est gentil d'avoir fait toute cette route pour assister au concert. » Il tendit la main vers une loge de l'autre côté du couloir. « Tu as le temps de discuter un peu ? »

Si j'avais le temps de discuter avec lui ? Il s'avérait que oui, j'avais le temps.

La pièce était meublée de canapés, de tables, de grands miroirs, on y trouvait des corbeilles de fruits et des bouteilles d'eau ; la moquette était marron ; des affiches de spectacles ornaient les murs ; j'enregistrai le moindre détail, je mémorisai tout afin de pouvoir raconter cette histoire à mes futurs petits-enfants un jour, s'ils étaient sages – encore que ; s'ils me ressemblent un minimum, cette bande de sales petits morveux ingrats ne méritera pas de connaître le récit de la soirée où j'ai rencontré

Lyle Lovett – et nous nous installâmes face à face pour bavarder. Je vis de près que ses yeux étaient d'un bleu très profond, ce qui me surprit.

« Je pensais que tu avais les yeux marron, dis-je sans le quitter du regard, absorbant chaque détail. Mon Dieu, ils sont bleu foncé. Pourquoi j'ai cru qu'ils étaient marron ?

— Je ne sais pas. Tu me connaissais avant que je commence à te suivre ?

— Si je te connaissais ? répétai-je. Je te l'ai déjà dit : je t'adore. Duchess te l'a dit. Je suis une vraie fan. Ça fait des siècles que je t'adore. Je t'ai vu en concert plein de fois. Je t'ai toujours adoré. Tes chansons, tes paroles, ton humour, ton élégance, tout.

— Je sais que tu me l'as dit, mais je pensais que c'était Duchess qui jouait son rôle de Duchess.

— Ah, oui. Je comprends. C'est vrai que Duchess parle toujours de son amour indéfectible de l'humanité. Mais non, quand elle s'adresse à toi, Duchess parle à ma place. Ou c'est moi qui parle à la place de Duchess. Enfin, c'est la vérité. C'est moi.

— Je peux te poser quelques questions ? J'en ai tellement.

— Tout ce que tu veux.

— Ce que tu écris est brillant. J'admire vraiment ton travail. Tu connais tous les gens qui te suivent ?

— Oh, non. Je n'en connais aucun.

— Évidemment tu ne pourrais pas connaître chacun d'eux, mais les gens dans le milieu de l'édition qui te suivent. Tous les auteurs ?

— Non.

— Les éditeurs ?

— Non.

— Et les critiques, les artistes ?

— Non, non. Je dois connaître six individus sur toute la planète. Je ne connais personne.

— Duchess a un tel réseau. J'étais persuadé que tu étais auteure, ou que tu travaillais dans l'édition. Comment en sont-ils venus à te suivre ?

— Aucune idée.

— Mais tu connais Benjamin Dreyer, de Random House, dit-il.

— Pas personnellement. Duchess oui. Elle est amie avec lui. C'est une vraie amitié. Ils ont un lien particulier. Mais non, il ne connaît pas mon nom, ni rien.

— Tu ne l'as jamais rencontré ?

— Non. Je n'ai jamais rencontré aucun des amis de Duchess.

— Pippin Parker ? Laura Lippman ?

— Non. Personne. Je te l'ai dit. Personne ne sait qui est Duchess, à part toi.

— Je ne le dirai à personne. Promis. Enfin, je l'ai dit à mon manager, ça tu le sais, mais il ne le répétera pas. Et je l'ai dit à April, ma fiancée. »

J'en étais sûre. C'est toujours pareil dans un couple, quand vous révélez un secret à l'un, vous le révélez aux deux.

« D'accord, mais fais en sorte qu'April comprenne que c'est un grand secret, dis-je. Duchess me tuerait si les gens commençaient à être au courant. Ce secret n'est pas tant pour moi que pour certains abonnés de Duchess qui ont besoin d'elle comme amie imaginaire. S'ils découvrent qui elle est, la magie disparaîtra. Ça gâchera leur plaisir.

— Au contraire, ça pourrait l'augmenter. Ils te connaîtraient toi, en plus de Duchess.

— Franchement, ça ne me dérangerait pas, mais eux, si. J'ai posé la question par message privé à un petit nombre avec qui j'ai sympathisé, s'ils voulaient me connaître, la vraie personne derrière Duchess, celle qui écrit au nom du personnage. Et tous, sans exception, m'ont répondu : "Non merci." Ils savent qu'il y a un être humain derrière le personnage, mais ça gâcherait tout de le connaître. C'est plus drôle si elle reste purement fictive.

— Mais comment arrives-tu à nouer ces liens si intimes ?

— Je ne sais pas comment elle fait.

— C'est toi qui le fais.

— Non, ce n'est pas moi. On ne m'aime pas autant qu'on aime Duchess.

— Je suis sûr que c'est faux.

— D'accord, dis-je. (Mais, les amis, entre nous : c'est vrai.)

— Et l'autre gars avec qui tu discutais, l'autre jour, tu le connais ?

— Qui ça ?

— Un scénariste pour le ciné ou la télé, je crois.

— Duchess parle à tout le monde. Je ne fais pas toujours attention.

— Tu l'as invité à venir te faire un câlin.

— Ah, oui, je me souviens. C'est vrai, je m'inquiète un peu pour ce type. Je l'ai à l'œil. Je crois qu'il a un problème avec l'alcool. »

Lyle sourit.

« Tu parles comme Duchess. J'entends sa voix. Tu permets que je te demande si tu as déjà prévu l'évolution de ton histoire ?

— Quelle histoire ?

— L'histoire de Duchess. Quelle direction va prendre son histoire ?

— Je ne sais pas. Je n'ai rien prévu. J'écris comme ça me vient. Tu crois que je devrais établir un plan ? »

Une nouvelle inquiétude apparut. Ça ne m'était jamais venu à l'idée d'avoir une longueur d'avance.

« Tu veux dire que tu n'as rien en stock? demanda Lyle.

— Oh, mon Dieu, non. La moitié du temps, Duchess me réveille en pleine nuit parce qu'elle veut regarder des photos de chats.

— Tes messages sont improvisés ?

— Oui. En général, je les oublie aussitôt après les avoir écrits.

— Ça ne faiblit pourtant jamais ! Elle est brillante et drôle. Mais c'est son amour qui attire les gens. Duchess tend une main amicale à chacun. Elle incarne la tolérance absolue dont les gens ont besoin. C'est beau, ce que tu fais.

— Ça, je n'en sais rien. Mais je m'amuse, je dois être celle qui en bénéficie le plus.

— C'est plus que ça, dit-il. Tu crées des liens entre les gens. Ils se font des amis grâce à toi. C'est capital. C'est un cadeau. Je suis toujours ravi quand tu m'inclus dans tes conversations. Tu voudras bien qu'on poursuive nos échanges ?

— Je mourrais si on arrêtait », répondis-je, même si, pour être honnête avec vous maintenant, je m'attendais à ne plus jamais avoir de ses nouvelles.

Je me disais que rencontrer Lyle Lovett était un cadeau comme on en reçoit une fois dans une vie, et je ne pouvais pas être plus reconnaissante. Je me laissais aller dans cette absence d'attentes et d'exigences. C'était éphémère, un coucher de soleil, une étoile filante; je pouvais m'émerveiller de cette beauté, me satisfaire de la regarder passer. Relâcher la perle dans l'océan et la laisser disparaître dans les vagues. L'univers reprend toujours ce qui ne nous appartient pas. J'avais déjà assez souffert de la perte de mes proches, je n'avais aucune intention de m'attacher à de nouvelles personnes. D'une manière ou d'une autre, les gens finissent toujours par partir. Être un personnage fictif apporte des avantages insoupçonnés. Si l'on ne peut pas vous trouver, on ne peut pas non plus vous briser le cœur.

> Duchess est débordée. Documents, architectes, ingénieurs: faites-nous rire. Fictions: dites la vérité, pour une fois, bon sang.

II

> La réalité pousse partout où il y a matière organique, humidité et obscurité. Attaquez-la au vinaigre, au bicarbonate et à la dynamite.

J'avais un frère, avant. Il était de dix ans mon aîné et même dans mes plus lointains souvenirs, il m'apparaît comme un adulte. Je peux vous l'avouer aujourd'hui, et rien qu'à vous : je ne l'aimais pas. Je ne le portais pas dans mon cœur avec une bonté compatissante. Il avait ses démons ; je l'ai toujours connu psychologiquement fragile et alcoolique. Quand j'étais enfant, je me souviens qu'il a passé plusieurs années sans quitter la maison. Il était cliniquement dépressif, suicidaire, débordant de rage et de chagrin et d'une noirceur envahissante que rien ne pouvait dissiper. Il penchait naturellement vers l'autodestruction, qui se manifestait dans chacun de ses actes, dans chacun de ses choix ; je crois que je le comprenais, autant que le peut une personne dotée d'un esprit et d'un intellect sains. Je ne l'ai jamais dit à personne, mais j'avais peur de lui. J'ai passé mon enfance à surveiller les informations locales, à consulter les portraits-robots, guettant le dessin d'un visage semblable au sien, m'attendant à découvrir qu'il était suspecté d'une série de crimes violents. À sa mort, je laissai couler des larmes qui, je peux bien l'admettre maintenant, n'étaient pas de deuil mais de soulagement. Dieu merci, pensai-je. C'est fini.

Toute ma vie, j'avais craint en secret qu'en se suicidant il n'emporte inévitablement d'autres personnes avec lui. J'avais toujours supposé que mon nom figurerait dans les premiers de la liste.

> Je compte mourir en une explosion de millions d'éclats lumineux révélant ma forme véritable: une feuille de papier qui brûle et disparaît.

Mon père aimait mon frère et il se dévouait, corps et âme, à ses soins et à son bien-être, ce que je peinais à comprendre. Je voyais bien que nous étions coincés avec lui, mais comment pouvait-on attendre de nous qu'on l'aime? Il était presque impossible de discuter avec lui. Derrière ses accès de rage alcoolisée et sa perception fondamentalement biaisée du monde, il était tour à tour vulgaire, renfrogné ou méchant. Il avait un esprit vif mais il l'utilisait comme une arme pour maltraiter et rabaisser les autres. Il était la force dominante dans nos vies, et ce de milliers de manières différentes – l'humeur générale dépendait de lui, il décidait de ce que nous mangions et de quand, il était l'arbitre du goût, il déterminait qui pouvait venir à la maison – et nous dansions sur sa propre musique et à son rythme, afin de lui faire garder son calme. Cette stratégie perdura des décennies, même si elle n'était efficace que quelques heures à chaque fois. Il haïssait le monde entier et tous ceux qui le peuplaient, et se haïssait lui-même plus encore que les autres.

(L'âme de mon père lit par-dessus mon épaule en

cet instant et grimace à la vue de ces mots ; il me rappelle que mon frère n'a jamais blessé quiconque de façon consciente. Mon père aurait voulu que je vous le précise. J'entends sa voix : Défends ton frère. Il n'a jamais blessé personne d'autre que lui-même. Par souci d'objectivité, et en souvenir de mon père, je vous apporte donc son point de vue autant que le mien : mon frère souffrait, il était affligé de maux qui n'étaient pas de son fait. C'était la personne la plus triste que nous ayons jamais connue, et il méritait notre entière compassion.)

« Tu ne peux pas essayer d'être charitable ? me demandait mon père. Avec tout ce que la vie t'a offert, tu ne peux pas faire preuve de compassion envers ton frère, qui a reçu moins que toi ?

— Avec lui, c'est impossible, rétorquais-je.

— C'est lui que tu as reçu, disait mon père.

— Je ne veux pas de lui.

— Il a pris soin de toi quand tu étais bébé. Tu dois trouver ça en toi. »

Je ne peux pas, pensais-je alors, mais au dernier moment, je me retenais toujours de prononcer ces mots à voix haute. Il savait que je les pensais.

Je pense que c'était pire pour mon père. Il aimait mon frère sans attendre de récompense. Il décelait en lui le peu qu'il y avait à admirer – un esprit perspicace, une bonne mémoire – et s'en réjouissait. Il savait que mon frère ne lui procurerait jamais la joie de voir grandir des petits-enfants, qu'il n'inviterait jamais d'ami à la maison, qu'il n'apporterait au monde ni contributions, ni accomplissements. Papa n'obtenait rien de ce qu'un père pouvait attendre de son fils. Mon frère ne pouvait être guère plus qu'une ombre malveillante errant dans la maison, année après année.

Un jour, mon frère devait être libéré d'un internement forcé dans une unité psychiatrique. Vous comprendrez tout ce qu'il y a à savoir de notre dynamique familiale si je vous dis que personne ne vit d'inconvénient à ce qu'il réclame que moi, sa sœur mineure, vienne seule le récupérer à l'hôpital psychiatrique pour le conduire dans une autre clinique privée, d'une ville voisine, où l'attendait une chambre. Personne n'aurait osé remettre en question le choix de mon frère, considéré comme infaillible. C'était un alcoolique maussade et menaçant, interné par l'État, mais nous ne doutions nullement de son jugement. La famille s'accordait à penser que je devais être ravie qu'il ait fait cette requête particulière, qu'il ait exigé que je vienne le chercher. Et je l'étais. Je me sentais flattée.

D'autres personnes auraient pu le faire. Un adulte de notre entourage, par exemple. (Pas mon père. Je savais qu'il n'était pas en état. On m'avait dit qu'il était en phase terminale mais j'ignore pourquoi je n'avais pas compris qu'il était en train de mourir.) Quand mon frère avait demandé que je vienne le chercher à l'hôpital, personne ne s'était posé la question : Est-ce vraiment le rôle d'une jeune fille ? Est-ce agir dans l'intérêt de cette enfant de l'envoyer seule dans une institution psychiatrique sécurisée pour récupérer son frère, que l'État de New York a jugé bon d'interner contre son gré ? (Mon intérêt, soyons clairs, n'était l'inquiétude première de personne. Ni la deuxième. Ni la troisième.)

Comme prévu, je me rendis gaiement à l'hôpital psychiatrique, heureuse et fière d'avoir été choisie pour cet honneur particulier. J'adressai un sourire rayonnant à ses psychiatres et me présentai avec un ravissement sincère. Je m'émerveillai de l'efficacité professionnelle avec laquelle ils l'avaient retapé et remis sur pied ! Comme ils devaient être fiers ! Je m'approchai d'une doctoresse pour discuter avec elle. Maintenant que tout était terminé, j'étais curieuse de savoir ce qui avait cloché chez mon frère avant qu'ils ne le guérissent.

« Nous n'avons jamais su ce qu'il avait exactement, dis-je. Y a-t-il un nom pour ça ? Je n'ai jamais pu poser la question à qui que ce soit.

— Je ne peux pas m'entretenir de mon patient avec vous, répondit-elle. Pourquoi ne pas discuter de cela avec lui ?

— On ne peut pas parler avec lui, répondis-je. Il est sur une autre planète. Il est alcoolique. Chaque mot qui sort de sa bouche est un mensonge. »

Ce n'est pas que je cherchais à le critiquer, mais c'étaient les faits, purs et simples. On ne pouvait jamais obtenir d'information fiable, avec mon frère. Cette psychiatre avait passé du temps avec lui. Elle aurait dû le savoir. J'ai des amis alcooliques et je suis bien placée pour savoir que cette maladie transforme la plupart des gens en menteurs invétérés. Si vous souffrez d'addiction, et que vous le reconnaissez, on essaiera de vous encourager à arrêter, or la maladie ne vous l'autorisera pas. C'est pourquoi la personne en souffrance devient un menteur chronique, et ses proches deviennent des menteurs à leur tour afin de couvrir le malade, de lui permettre de garder son confort, ou son calme, ou son emploi, ou afin de ne pas se mettre en danger face à lui, et j'avais beau n'être qu'une enfant, j'estimais que l'une des docteurs pour mabouls les plus éminentes de l'État devait être au courant de ces choses-là.

Ce soir à Crooked Path, nous irons sur les tombes de nos chers défunts et déposerons des gerbes d'apostrophes: le symbole d'une absence.

Je m'arrêtais à la bibliothèque municipale en rentrant du lycée, pour y lire des ouvrages du rayon scientifique sur les désordres psychiatriques. J'essayais de m'instruire, d'élaborer un diagnostic approprié et un projet de traitement pour mon frère. Je n'ai jamais trouvé de réponses, ce qui ne vous étonnera sans doute pas, mais moi, oui. J'étais bonne élève, je suivais des cours optionnels avancés, et j'étais réputée pour mes capacités de recherche. Les livres étaient là, devant moi. On aurait pu penser que j'y trouverais ce dont j'avais besoin.

Je me rappelle un passage d'un vieux livre qui traitait de diverses dynamiques dans des familles confrontées à des maladies mentales. Certes, il datait de bien avant l'avènement des nombreux médicaments et traitements dont nous bénéficions aujourd'hui. La maladie de mon frère avait commencé à se manifester au début des années 1970. Une époque où il fallait aller soi-même à la pêche aux informations. Replongez-vous un peu en arrière, si vous êtes suffisamment âgé. C'était avant les débats télévisés, les forums de discussion et les ressources en ligne. On ne disposait que des livres à gros tirage d'une humaniste profane qui signait sous le nom de Dear Abby, et de rares échanges avec le prêtre de sa paroisse, diplômé en théologie ou en histoire mais certainement pas en médecine. Si vous n'aviez jamais été confronté à une pyschose dévastatrice, vous n'aviez aucune fichue idée de ce à quoi vous aviez affaire – et, croyez-moi, vous ne pouviez interroger personne sur le sujet. Les familles baissaient la tête et faisaient, discrètement, au mieux avec les moyens du bord.

Le livre de la bibliothèque expliquait qu'il n'était pas inhabituel que certains parents, par peur, ou par amour ou par confusion, déploient des efforts surhumains afin de maintenir leur adolescent déficient dans le confort et le protéger de lui-même. S'il venait à développer une peur irrationnelle des escaliers, par exemple, la famille adoptait le point de vue suivant: ils concluaient que ses inquiétudes étaient parfaitement fondées et ils l'aidaient à déplacer son lit au rez-de-chaussée, dans la salle à manger. Voilà qui décrit notre famille à la perfection, pensai-je. Tout, pourvu qu'il garde son calme. Nous l'aurions laissé brûler la maison et nous avec, s'il l'avait décrété nécessaire.

(La question demeure: la cellule familiale est-elle éternellement la mieux placée? Peut-être. Un jour, je restai plantée, immobile, tandis qu'une boule de neige compacte et gelée fonçait sur moi à travers la rue, de plus en plus près, jusqu'à me heurter en plein visage. J'aurais eu largement le temps de m'écarter; j'avais vu qu'elle allait me toucher. Je ne bougeai pas et la laissai atteindre sa cible. Le garçon qui me l'avait lancée à la tête d'un geste amusé se précipita pour porter son écharpe à mon visage ensanglanté.

« Pourquoi tu ne l'as pas évitée, espèce de crétine? » demanda-t-il, et j'ai été incapable de lui faire comprendre: je n'avais pas songé que le fait de me déplacer puisse m'aider. Je ne pouvais pas empêcher une boule de neige de me percuter, si c'était son but ultime. Il serait peut-être temps d'admettre que Faulkner avait sans doute raison. Le passé n'est pas mort.)

La révélation finale, pour un être fictif, est la prise de conscience de sa propre non-existence. Qui signifie l'épuisement, littéraire et littéral.

Je me revois encore arpentant les couloirs de l'hôpital psychiatrique. Je m'attendais, je crois, à un décor froid et stérile comme dans le film *Vol au-dessus d'un nid de coucou*, que j'avais regardé seule ; mon père avait refusé de le regarder avec moi.

« Quand on a vu ça dans la vie réelle, dit-il, on n'a pas envie de le voir en film. »

L'unité psychiatrique ne ressemblait en rien au service glacial et inhumain géré par l'infirmière Ratched. Le plus effrayant avait été le parcours pour y arriver, peut-être parce que j'avais peur de ce que j'allais voir : les portes verrouillées et les gardiens, l'ascenseur spécial, indépendant du reste de l'hôpital, avec un épais capitonnage en vinyle sur les parois et la porte. Se trouver dans cette cabine, c'était comme être enfermée dans le coffre-fort d'une banque. Mais une fois dans l'unité, je fus frappée de voir qu'on avait essayé de la rendre – quoi ? Moins menaçante ? Un peu moins étrange ? On n'aurait pas dit un hôpital. On aurait dit une maison. Une maison laide, certes, ou le sous-sol de votre grand-mère habité par un vieil oncle et meublé de canapés rêches et dépareillés. Tout avait l'air incroyablement petit et humain.

Mon frère me fit visiter les lieux avec fierté, me montra sa chambre, la vue depuis sa fenêtre, la salle commune avec ses canapés et ses fauteuils, le solarium et ses baies vitrées mal isolées. Il adorait vivre dans le service psychiatrique, compris-je tristement.

La lune ferme à intervalles réguliers pour entretien
et nettoyage de routine. Le souvenir du
clair de lune remplace alors ce qui a disparu.

Un vendredi soir, quinze ans plus tard, je retournai dans le même hôpital tentaculaire, cette fois comme journaliste pour un article sur les hôpitaux régionaux et les efforts fournis dans la lutte contre les attaques chimiques et biologiques, qui attiraient beaucoup l'attention à l'époque. Les protocoles mis en place étaient impressionnants, à commencer par une cellule de décontamination indépendante et autonome. Le directeur du pôle des urgences (« Doctorat, diplôme d'État et MBA », me précisa-t-il à deux reprises) assura ma visite. Il m'avait suggéré de venir voir les urgences de nuit, un vendredi, car l'ambiance avait plus de chance d'y être « intéressante. »

En arrivant à l'ascenseur qui menait au service psychiatrique, il marqua une pause.

« C'est mon secteur préféré de tout l'hôpital, déclara-t-il, appuyé aux portes de l'ascenseur, les bras écartés comme s'il leur faisait un câlin.

— L'unité psychiatrique ? Pourquoi ?

— Parce que ce qui s'y passe n'est pas mon problème », répondit-il en riant à sa propre blague.

Les ingénieurs m'apaisent. Ils ne demandent jamais
si j'apprécie leur travail, si leurs puits de pétrole ou
leurs hôpitaux sont originaux.

Après avoir déposé mon frère à l'hôpital ce jour-là – on m'avait parlé d'hôpital mais c'était peut-être une clinique de désintoxication, ce qui semble plus logique avec le recul, les adultes autour de moi ont dû juger que j'étais trop jeune pour faire la différence, et c'était le cas –, je rentrai à la maison plutôt contente de moi. C'était un dimanche après-midi, je crois, à moins que ce soit juste le souvenir que j'en garde. (Difficile à dire. Rien n'est moins fiable qu'un putain de souvenir.) J'avais accompagné mon frère avec succès d'une institution à l'autre, toute seule, je ne m'étais pas perdue dans une ville inconnue, et j'avais réussi à faire tous mes devoirs, par-dessus le marché. Une bonne journée de travail, en somme.

Mais à la nuit tombée, mon frère avait été déclaré manquant à l'appel par les responsables de la nouvelle structure. Ils affirmaient qu'il n'était même jamais arrivé. Je restai un moment sous le choc avant de saisir. Il avait tout prévu. C'est pour ça qu'il voulait que je vienne le chercher seule. Pour ça qu'il était si enjoué. Il savait que je ne mesurais pas les précautions à prendre avec un patient en psychiatrie. Quand nous avions franchi les portes du nouvel hôpital, ce jour-là, il n'y avait personne au bureau d'accueil. Ç'aurait dû être sans importance. Il aurait suffi d'attendre que quelqu'un se présente. On était là dans le hall désert et j'avais senti qu'il paniquait, qu'il perdait son sang-froid, mais il m'avait assuré que tout allait bien. Il était tard, la nuit tombait déjà, il m'avait dit que je ferais mieux d'y aller, que j'avais de la route à faire.

Il avait la situation en main, me dit-il.

Il savait quoi faire, me dit-il.

Il signerait ses propres papiers d'admission, me dit-il.

Bien entendu, je m'en rends compte maintenant, à l'âge adulte, j'aurais dû attendre avec lui qu'un employé vienne le chercher. J'aurais dû rencontrer le personnel de l'hôpital, me présenter, m'assurer qu'ils le prenaient en charge. J'aurais sûrement dû remplir une paperasse administrative quelconque pour son admission. Ça me paraît évident aujourd'hui, mais à l'époque, je n'avais encore jamais rien signé en mon nom propre. Mon père signait toujours mes bulletins scolaires (son exigence à lui, pas celle de l'établissement). J'étais étudiante en premier cycle à l'université, mais ça ne comptait pas vraiment. Mon père avait accepté que j'aille à l'université à condition qu'il s'agisse d'une institution jésuite où l'instruction serait dispensée par des prêtres et où je logerais dans un dortoir réservé aux filles. Et puis, aucun de nous n'était jamais sorti vainqueur d'une négociation avec mon frère. Il fixait les règles, et nous suivions docilement.

Il me remercia de l'avoir accompagné. Mon frère, qui ne s'embêtait pas avec les amabilités, me remerciait. Je ne l'avais jamais entendu avoir la moindre parole aimable pour quiconque, et je ne suis pas sûre de pouvoir vous décrire l'excitation que cela me procura à cet instant. Il affirma se sentir bien mieux et, en vérité, je ne l'avais jamais vu se comporter de manière aussi naturelle et agréable. Ce simple fait aurait dû déclencher de puissantes sonnettes d'alarme mais, bêtement, je débordais trop de joie pour prendre le temps de le remarquer. J'étais si disposée à croire que nos problèmes étaient résolus. Je songeai : Enfin ! L'hôpital l'a guéri ! Finis les soucis !

Ce qui m'avait échappé : à l'instant où je sortais de l'allée de l'hôpital et me réengageais sur la route, mon frère se faisait la malle.

Le temps que j'arrive chez mon père malade, ce dernier s'était traîné de son lit jusqu'au téléphone pour appeler aux quatre coins de l'État, et essayer de retrouver mon frère.

« Papa, dis-je. Je suis désolée. Il m'a promis qu'il allait bien. J'ai cru qu'il allait bien.

— Tu as cru qu'il allait bien ? Oh, chérie », dit mon père.

Sa respiration était laborieuse.

« C'est son choix. Laisse-le faire. »

Il ne répondit pas.

« Il veut qu'on le laisse tranquille. Alors laisse-le.

— Ça suffit. Tu as exprimé ton point de vue.

— Arrête de lui consacrer toute ton énergie, Papa, s'il te plaît. Laisse-le partir. »

Mon père releva le menton, pas un acquiescement, mais juste assez pour me faire comprendre qu'il m'avait entendue et ne voulait pas discuter. Il économisait le peu de forces qu'il lui restait.

« Stop, lâcha-t-il.

— Papa.

— Il est tout seul, dit mon père.

— Et alors ? Il a presque trente ans.

— Personne ne devrait être aussi malade que lui. Personne ne devrait être aussi triste.

— Papa, dis-je en haussant le ton. Tu ne comprends pas que son état ne s'améliorera jamais ? lançai-je d'un ton sec. Il n'ira jamais bien. Laisse-le mourir, si c'est ce qu'il veut. »

Je ne lui avais jamais adressé de paroles aussi horribles mais j'étais désespérée. Mon père était devenu si fragile. Son cardiologue m'avait expliqué un an plus tôt qu'ils auraient tenté une greffe du cœur, si ses poumons n'avaient pas été trop faibles pour tenir le choc. Il ne pourrait pas supporter l'idée que mon dingue de frère soit livré à lui-même dans la nature, sans prendre les médicaments qu'il était censé prendre, à s'infliger

Dieu savait quoi, Dieu seul savait où. La dernière fois que mon frère avait essayé de se tuer, il avait presque réussi – il y serait arrivé si un inconnu n'était pas tombé sur lui par hasard – et voilà plusieurs heures qu'il avait disparu. Nous savions tous les deux qu'il était peut-être déjà mort.

J'avais fichu en l'air ce qui serait notre dernière chance de lui venir en aide.

« Ma chérie, dit mon père d'une voix faible, tandis que ses yeux s'embuaient. Je sais mieux que toi combien il est malade. Je sais que son état ne s'améliorera jamais. »

Il paraissait blessé, comme si je n'aurais jamais dû lui infliger l'humiliation de prononcer ces mots à voix haute.

« Alors pourquoi insister ? demandai-je. Pourquoi ne pas t'économiser un peu, pour moi ? Garde tes forces, Papa. Laisse-le partir. J'ai besoin de toi, ici. J'ai besoin que tu guérisses. »

Il m'adressa un regard éploré, et je savais qu'il était déçu que je sois incapable de comprendre. Toutes ces années, j'avais été son enfant, il avait déversé en moi le contenu de son cœur et il n'avait toujours pas réussi à me faire comprendre ce que cela signifiait d'aimer quelqu'un sans espoir de retour. Encore aujourd'hui, je m'efforce d'intégrer les leçons que mon père a essayé de m'enseigner.

Il haussa les épaules presque imperceptiblement.

« C'est mon fils », dit-il.

En rêve, cette nuit, observez la personne qui
se tient derrière vous dans l'ombre. Vous me
reconnaîtrez quand la lumière penchera vers moi.

12

Il y a du blé à se faire en imitant Duchess Goldblatt, mais vous allez trimer. C'est le ton qui est le plus difficile à choper.

Le soir où j'ai rencontré Lyle Lovett, j'ai pu rester un moment avec lui après le concert, et il était minuit passé quand son manager m'a raccompagnée jusqu'à la sortie et jusqu'à ma voiture dans la rue.

« Je vous avais réservé une place de parking, dit-il. Vous n'étiez pas obligée de vous garer dehors.

— Merci, mais c'était parfait.

— Vous voulez que je vous débarrasse de ça ? demanda-t-il en tendant la main vers ma bouteille d'Évian vide.

— Oh, non. C'est un cadeau de Lyle. Je la garde pour toujours.

— Vous savez, ça fait trois jours qu'il parle de vous. Il a fait lire vos trucs à tout le monde dans le bus. À tous les musiciens du groupe. »

Je m'arrêtai net.

« Je ne vous crois pas.

— Mais si. Personnellement, je n'ai pas de compte, mais il m'a tout montré, et je vois bien que vous faites de l'art vivant collaboratif.

— Collaboratif ? Art vivant ?

— Oui. Il m'a montré la Vente d'entrepôt de Duchess Goldblatt. »

J'avais presque oublié ça. Duchess aime donner son nom aux choses, et elle prétendait avoir organisé une « vente d'entrepôt » (ne m'en demandez pas plus ; en tant que personnage fictif, elle n'avait évidemment ni entrepôt ni biens à vendre) ; toujours est-il que ses abonnés approuvèrent l'idée et se prirent au jeu. Ils répondirent en publiant des photos de ce qu'ils prétendaient avoir acheté à la vente : toutes sortes de curiosités, des œuvres d'art étranges, des pièces de collection.

« En effet, dis-je. Je ne l'avais jamais envisagé sous cet angle, mais vous avez raison. »

> Les bénéfices de la vente d'entrepôt seront reversés au Refuge pour chats et à la Maison des ex-maris vieillissants et désagréables de CP.

Je n'avais pas du tout envisagé Duchess Goldblatt comme une initiative collaborative, du moins pas consciemment. Je soignais chacune de ses phrases, je jouais avec jusqu'à ce qu'elles soient aussi parfaites que possible, mais par simple goût de la chose bien faite. Exactement comme on coud une couverture en patchwork, pour le plaisir de fabriquer un bel objet à partir de morceaux disparates, ou comme on frotte un caillou avant de le faire ricocher dans l'eau.

Mais si je demandais aux gens de jouer le jeu, c'était surtout dans l'espoir de combler mes heures vides. Duchess trouvait toujours une façon d'inciter les gens à lui répondre, surtout dans les moments les plus pénibles pour moi : au beau milieu de la nuit, pendant les fêtes, les dimanches, les jours qui avaient une signification particulière à mes yeux. Duchess venait à mon secours, c'est pour moi seule que je la faisais écrire.

> Mes cozy mysteries ont passé la nuit chez mes
> haïkus. Résultat: le vicaire contemple un cerisier
> et personne ne déterre de sombres secrets.

« Quel est l'intérêt de toute cette souffrance ? demandai-je un jour à ma psy. Pourquoi me punit-on ?

— L'intérêt? Il n'y a pas d'intérêt. Vous pourrez vivre jusqu'à cent ans sans jamais y trouver d'intérêt. Et vous n'avez pas non plus été visée par une sorte de punition cosmique. Vous n'êtes pas unique à ce point. Tout le monde souffre.

— Alors à quoi ça rime, tout ça?

— À quoi ça *rime*? Ça ne rime pas. C'est comme ça, c'est tout. Je ne crois pas qu'il faille essayer d'y trouver un sens. La souffrance fait partie de la vie.

— Si je vous comprends bien, on n'y échappe pas.

— Non, ce que j'essaie de vous dire, c'est que le but du jeu n'est pas d'essayer d'y échapper. Le but, c'est d'accepter que la souffrance fasse partie de la vie, et de l'employer à gagner en sagesse et profondeur.

— D'accord. Là, on progresse. Voilà qui résume bien la situation. Je n'ai pas envie d'approfondir quoi que ce soit, expliquai-je. J'ai littéralement zéro désir de m'approfondir. C'est pour ça que je viens vous parler. J'ai juste envie d'aller mieux. Vous ne pouvez pas faire en sorte que j'aille mieux ?

— Aller mieux, c'est une invention moderne, très surfaite à mon sens. Quand on est obnubilé par la question, on cherche des distractions. Excès de nourriture, excès de médicaments, excès d'alcool ou de drogues, automutilation : tous ces comportements autodestructeurs sont faits pour nous distraire. Ils ne conduisent à aucun éclaircissement. Et sur le long terme, je ne suis pas certaine qu'ils aident à aller mieux. »

> L'astuce, c'est de n'être surhumain que quand c'est nécessaire. Le reste du temps, regardez plutôt par la fenêtre. Ou mangez un sandwich.

Je songeai à tout cela en rentrant du concert de Lyle : cinq heures à rouler à travers la campagne silencieuse. J'ai tendance à fatiguer vite, et j'essaie de ne pas conduire la nuit, jamais, encore moins sur des petites routes inconnues, mais ce soir-là, je restai éveillée jusqu'à 2 h 30 avant de me garer et de me reposer un instant.

J'avais dit à Lyle que je l'appellerais pour le prévenir que j'étais bien rentrée, mais une fois sur la route, je sus que je n'en ferais rien. Imaginez que son téléphone se mette à sonner dans le bus en pleine nuit et le réveille ? Que la sonnerie dérange d'autres personnes autour de lui ?

J'appellerai ou enverrai un SMS demain, pensai-je, ou mieux, je lui écrirai un mail. C'est ça : je lui écrirai un mail demain. Les mails, c'est discret. Les mails ne s'immiscent pas dans l'intimité des gens. Les gens peuvent les ignorer, s'ils le souhaitent.

Lyle me téléphona à 3 heures du matin. J'étais recroquevillée sur le siège conducteur, endormie sur une aire d'autoroute, quand mon portable se mit à sonner ; je vis son nom, je poussai un cri et jetai le téléphone sur le plancher de l'habitacle, où je le regardai longuement. Je fais quoi maintenant, putain ? pensai-je. Hors de question, bien entendu, de décrocher. Soyons clairs : je l'adore et c'est mon préféré parmi mes préférés, mais même au meilleur de ma forme, même si je suis parfaitement réveillée et alerte, je ne suis pas armée pour faire face à un appel de Lyle Lovett à 3 heures du matin.

« C'est Lyle. Je m'inquiète pour toi, dit-il sur ma boîte vocale. Merci d'avoir fait toute cette route pour assister au concert. J'étais heureux de te rencontrer. Fais-moi signe quand tu arrives chez toi. »

Quelques heures plus tard, je pris une photo du soleil levant depuis la route : les premiers rayons roses qui réchauffaient le ciel gris. Lyle Lovett m'estime digne de son amitié, pensai-je. Je ne suis peut-être pas si fatiguée de vivre, après tout.

> Quand les gens verront des coquilles faire leurs poubelles la nuit, ils regretteront d'avoir chassé les correcteurs jusqu'à l'extinction.

En se mariant, on commence à bâtir une civilisation. Tout le monde vous dit que vous n'épousez pas une personne, que vous épousez aussi sa famille. Moi, je ne rêvais que de ça : d'une famille, d'une civilisation. Et un enfant, oui, j'espérais un enfant, mais je voulais aussi des frères et sœurs si possible, et des cousins, des tantes, des oncles, plus on est de fous, plus on rit, et une mère gentille. Je voulais une grande famille, chaleureuse, amusante et bruyante, vingt personnes à table le soir de Thanksgiving, des voyages en voiture, des blagues complices, des voisins qui passent vous souhaiter la bonne année et, pendant un temps, c'est ce que j'ai eu. Je voulais qu'il y ait une maison sur terre où je puisse entrer sans frapper.

Être autorisée à entrer chez quelqu'un sans frapper, c'était le comble de l'intimité.

Plus jeune, j'avais eu un copain issu d'une famille adorable. Vous avez peut-être connu ça : une famille du genre toujours-de-la-place-pour-une-personne-en-plus, la-porte-est-ouverte, fais-comme-chez-toi. Ses parents m'avaient invitée une année à me joindre à eux pour le repas de Noël. Ma mère était furieuse.

« Comment oses-tu te réjouir à Noël ? dit-elle. Ton frère ne peut pas se réjouir à Noël, lui. Tu te prends pour qui ? »

La question était pertinente. Elle l'est peut-être d'autant plus aujourd'hui. Pour qui est-ce que je me prends ?

> Nous avons une vaste communauté de guérisseurs
> à Crooked Path. Ils pratiquent l'imposition
> des mains et murmurent du Lydia Davis.

Encore merci d'avoir fait un tel effort pour assister au concert hier soir. Je t'enverrai des photos par mail, à mon retour chez moi. — Lyle

Comment peux-tu être à ce point fabuleux ? J'ai rencontré des routiers très sympas sur une aire d'autoroute vers 3 heures du matin. Quel incroyable sens de la camaraderie ; j'avais peine à y croire. Ils comparaient les mérites des donuts et des churros. La question ne se pose pas ; rien ne vaut un bon donut, mais leur conversation était douce à entendre. Merci pour le mail. J'aimerais beaucoup voir les photos. Duchess et moi sommes toujours sur le pont. Mes amitiés à April. Tu m'as dit qu'elle avait des questions à poser à Duchess. Ça m'intrigue. Je suis si contente, tu n'as pas idée. C'était une des soirées les plus heureuses de ma vie. — DG

J'ai pas mal réfléchi à ce que tu disais, à propos de certains de tes abonnés, qui se sentent seuls et isolés et ont l'air d'avoir réellement besoin de Duchess. J'ai encore plus de plaisir à la lire désormais. — Lyle

Les gens sont plus seuls que je ne l'aurais cru. Il m'a fallu longtemps pour comprendre que les gens voient Duchess comme une amie, ce qui influence énormément mes réflexions. Un certain nombre de ses abonnés sont en galère, et j'éprouve toujours un bonheur particulier quand je m'aperçois que Duchess leur a remonté le moral. Ils lui disent en privé qu'ils sont alcooliques, qu'ils essaient d'arrêter ou de rester sobres, ou qu'ils sont malheureux en couple, ou que leur enfant est terriblement malade. Je crois qu'on s'adresse à Duchess un peu comme on chuchote une prière dans le vent. Ça ne craint rien. — DG

Ce qui est sûr, c'est que tu as fait de Duchess une amie dévouée. On voit que ses abonnés comptent sur elle. J'adore cette idée de chuchoter une prière. Je crois que tu as mis le doigt dessus.

Je n'ai pas encore lu Duchess aujourd'hui, je m'y mets. Écris-moi dès que tu pourras, s'il te plaît. Une de ses abonnées a eu la gentillesse de me mentionner dans son commentaire sur le post du matin de Duchess. Ça m'enchante que ses abonnés parlent de moi. Duchess m'apporte une certaine crédibilité dans les cercles littéraires ! — Lyle

J'envisage de mettre aux enchères le journal manuscrit de mes pires regrets, pour financer l'Orchestre communautaire de CP.

« Ce qu'on vise, c'est le long terme », me dit ma conseillère. (Techniquement parlant, elle n'était pas conseillère ; elle était psychologue pour enfants, mais c'est ce qui s'en rapprochait le plus.) Elle m'aidait à trouver les mots pour parler à mon fils de la garde alternée, de ce que cela impliquait, et lui dire pourquoi il ne verrait désormais plus sa maman tous les jours.

« Enfin, je peux quand même lui dire la vérité, non ? Je ne peux pas mentir, dis-je. Les mensonges détruisent les relations. Vous ne me conseillez tout de même pas de lui mentir.

— L'objectif, c'est qu'il émerge de cette situation intact et en bonne santé, et si c'est le cas, c'est parce que vous vous en serez assurée personnellement. Vous comprenez ? Vous ne pouvez rien lui dire de négatif sur les autres membres de sa famille, et par rien, j'entends *rien*. Jamais, jamais, jamais.

— Alors qu'est-ce que je dois dire ? Comment expliquer tout ça ? Même les adultes ne comprennent pas ce qui se passe. Je ne comprends pas moi-même.

— Si vous devez lui parler, choisissez des paroles gentilles. Des paroles obligeantes. Cherchez loin au fond de vous. »

Je levai les mains en l'air et faillis aboyer « Comme quoi ? ». Mais quelque chose dans ses yeux m'en empêcha. Elle soutint mon regard.

« Vous devez vous montrer surhumaine, à présent », dit-elle.

Je ne répondis rien. Elle laissa s'écouler une minute.

« Vous comprenez ce que ça signifie, surhumaine ? » demanda-t-elle.

J'appuyai ma tête contre le mur derrière moi.

« Ouais », répondis-je. Et merde. « Je comprends. »

> Je n'oublie pas que ce lieu a toujours été le refuge des cœurs brisés. Si l'un de vous a besoin d'un ami aujourd'hui, faites-moi signe.

L'un des deux cents emplois de bureau divers et variés que j'ai exercés au fil du temps impliquait de travailler avec des auteurs. L'ai-je déjà mentionné ? Cela m'a amenée à croiser un grand nombre de mes préférés, et ils se souviendront peut-être de moi, telle que je suis, si vous leur donnez mon nom. Ou peut-être que non. Ils rencontrent beaucoup de gens, après tout. (Certains qui m'ont rencontrée pour de vrai ont fait des années plus tard la connaissance de Duchess en ligne, mais ils ignorent qu'elle et moi sommes la même entité, et j'estime qu'ils n'ont pas besoin de le savoir.) Bref, il y a des années de cela, avant même d'être mariée, j'eus la chance de passer un peu de temps avec Elmore Leonard, qui n'était pas seulement l'un des meilleurs, l'un de mes favoris, mais avait aussi été l'auteur préféré de mon regretté père. Dans la maison paternelle, le nom d'Elmore Leonard résonnait comme celui d'un héros folklorique, à mi-chemin entre un saint patron et un pote de beuverie adoré. Chaque nouveau livre était une fête. Ses livres ont apporté une grande joie dans nos vies.

Elmore Leonard et moi étions assis ensemble en coulisses avant l'une de ses interventions publiques, et j'étais aux anges. Non pas du fait de sa célébrité, mais parce que mon père l'avait apprécié. Quand une personne que vous aimez meurt, vous commencez à la perdre morceau par morceau, mais vous la retrouvez aussi par petites touches : des fragments de souvenirs qui déferlent en vous, ce qui lui tenait à cœur, ce qui lui apportait de la joie. Avec un peu de chance, vous conservez ces morceaux-là toute votre vie. Et il arrive qu'on ne se remette pas de certaines amours. Elmore Leonard et moi bavardions le temps que le public s'installe, et il avait la plaquette du programme à la main. Il consacra une minute à lire le paragraphe qui le concernait.

« Qui écrit ces programmes ? demanda-t-il sans lever la tête.

— C'est moi », dis-je.

J'avais fait de mon mieux, évidemment, mais Elmore Leonard était un écrivain pour écrivains, comme vous le savez sans doute. C'était un styliste et un esprit brillant. J'espérais plus que tout avoir réussi, en cinq cents mots, à lui faire honneur.

Il hocha la tête, leva les yeux de son programme pour les plonger dans les miens.

« C'est la meilleure brochure que j'aie jamais vue », dit-il.

Ce compliment me mit au bord des larmes, et il tient encore aujourd'hui une place particulière dans mon cœur. Imaginez la joie que cela aurait procuré à mon père d'entendre Elmore Leonard prononcer ces mots-là à sa gamine.

« Dutch », dis-je – il m'avait invitée à l'appeler Dutch, son surnom depuis toujours, ce que j'avais évidemment fait, bien que mon père ne l'ait jamais appelé autrement que Elmore Leonard, *mon pote Elmore Leonard*, et que je me sente quelque peu impertinente en cet instant de ne pas employer son nom complet – « Dutch, c'est beaucoup demander, je sais, mais très sérieusement, est-ce que ça te dérangerait, une fois sur scène, de répéter ça au public ? »

Il lâcha un petit rire. Les gens pensent toujours que je plaisante quand ce n'est pas le cas.

« Je suis sérieuse. C'est très important pour moi. Ma mère est dans la salle, ce soir, et franchement, elle serait sciée. »

Il s'esclaffa à nouveau, un rire franc. J'avais fait éclater de rire Elmore Leonard, les amis.

Au-dessus de mon bureau aujourd'hui, j'ai encadré et accroché la petite dédicace qu'il m'a griffonnée sur ce programme. Je ne vous révélerai pas ce qu'il a écrit. C'est un cadeau trop précieux pour être partagé. Mais quand Duchess Goldblatt évoque le chœur des anges et des saints qui l'encouragent et la soutiennent, vous pouvez être sûrs qu'Elmore Leonard y est en bonne place.

> Les lumières sont tamisées ce soir à Crooked Path, les amis, chacun porte le deuil. Nous avons dit adieu à l'un de nos êtres les plus chers.

13

> Une activité estivale amusante à CP: préparez un pique-nique, une bouteille de vin, et venez me regarder écrire sur une surface d'argile.

Je pris une photo de Lyle, le soir où je le rencontrai. C'est un de mes souvenirs les plus inestimables. Je lui demandai de se tourner vers moi et de me regarder, ce qu'il fit, avec un immense et magnifique sourire. Avec sa permission, Duchess posta la photo mais elle attendit une semaine environ, et elle la recadra afin que personne ne puisse identifier l'endroit exact de leur rencontre. Au lieu d'admettre qu'elle avait assisté à un concert de Lyle, elle affirma que l'événement avait eu lieu pour elle ; qu'elle avait organisé une lecture publique et une séance de dédicace, et que Lyle était venu comme un fan parmi tant d'autres.

De retour chez moi, j'encadrai la photo et l'accrochai au mur. Ce qui manquait, c'était un portrait de Duchess. Ce sont deux membres distingués du clan, après tout. J'imprimai donc une photo d'elle, que je fis encadrer et les fixai tous deux à côté de ma bibliothèque. Pendant une ou deux semaines, je n'y réfléchis pas trop, jusqu'à ce que je passe un jour devant et remarque un détail : sa photo à lui mesurait 12 × 20 cm. Celle de Duchess, plus près de 25 × 40 cm. Elle avait fait en sorte d'être deux fois plus grande que Lyle Lovett.

« Espèce de fripouille », dis-je tout haut à son portrait, en secouant la tête.

Plus goldblattien, tu meurs !

> Ne vous laissez jamais montrer du doigt parce que vous aimez un ami imaginaire. Les religions sont fondées sur moins que ça.

Une année, Duchess décida qu'il fallait organiser un rassemblement des fidèles au pied de son portrait à la National Gallery à Washington DC. « DGDC », l'appela-t-elle, et elle demanda aux gens de s'y donner rendez-vous. Certains le firent vraiment ; ils se massèrent devant son portrait, prirent des photos et déjeunèrent ensemble, me semble-t-il. L'un d'eux lui écrivit afin de lui raconter : « Je pensais avoir fait une croix sur les amis, l'amour, la confiance, la joie. Je croyais que ma vie se résumait à attendre qu'elle s'arrête. Duchess – ses liens, sa foi, ses mots, son amitié, ses encouragements – a opéré un miracle et je lui en serai à jamais reconnaissant. Merci, votre grâce, de m'avoir apporté tant de lumière et d'amour. »

« Pourquoi les gens l'appellent "votre grâce" ? s'enquit Chuck en lisant par-dessus mon épaule.

— Ils la prennent pour une vraie duchesse.

— Ils pensent qu'elle est réelle ?

— Oh, non. Ils savent qu'elle n'est pas réelle. Pas réelle-réelle. Ils l'imaginent comme un personnage fictif qui serait une duchesse. Ou comme un personnage fictif qui se prend pour une duchesse.

— Ce qui n'est pas le cas ?

— Non. Duchess n'est que son prénom. Je t'ai dit que je l'avais baptisée d'après un chien.

— Pourquoi tu ne les reprends pas ?

— Je n'ai pas le droit. Elle aime qu'on l'appelle "votre grâce".

— Il serait temps que tu augmentes ta dose de médocs, dit-il.

— Tu as parfaitement raison. Le problème, c'est qu'ils n'en produisent pas assez. »

> Dès que deux ou plus d'entre vous seront
> rassemblés, vous devrez lever votre verre
> et vous écrier avec joie
> LONGUE VIE A DUCHESS GOLDBLATT!

Je m'efforce de donner une aura particulière à Duchess. J'ai vu la chanteuse Anita Baker sur scène, il y a des années de ça, et un souvenir d'elle m'est resté. C'était vers la fin du concert, et elle s'était approchée du devant de la scène où une vaste foule de fans se pressait, bras tendus pour essayer de la toucher. Elle tenait son micro dans la main droite et, sans interrompre sa chanson, s'était penchée pour saisir de la main gauche celle d'un spectateur, puis d'un autre, et d'un autre. Un membre du public lui avait attrapé la main et avait tenté de retirer la bague qui ornait son doigt. En plein milieu de la chanson ! Anita Baker – imperturbable, d'une grâce phénoménale, l'élégance incarnée – n'avait pas manqué la moindre note. Elle avait dit, « Non, non, bébé », puis avait changé le micro de main, sans cesser de chanter et de tendre le bras vers les gens.

Et puisque Duchess se considérait elle-même comme

une star, qu'elle s'adressait à tout le monde comme telle, qu'elle affirmait être une auteure célèbre et une icône culturelle – ou peut-être parce que de nombreux écrivains la suivaient et appréciaient cette fiction qui se déroulait en temps réel –, les gens semblaient croire qu'elle avait un statut particulier. Je les comprends. Nous voulons tous croire en quelque chose.

Les spéculations allaient bon train quant à l'auteur qui se cachait derrière Duchess Goldblatt. Ça me laissait perplexe. Pourquoi un auteur célèbre ferait-il semblant d'incarner ce personnage sur les réseaux sociaux ? Je suis quasi certaine que les artistes connus et établis n'ont pas de temps à consacrer à ce genre d'inepties. Moi-même, franchement, je n'ai pas le temps pour ces inepties et j'ignore comment elle parvient à se faufiler dans mon téléphone quand j'ai le dos tourné. En plus, les auteurs que les gens citaient étaient presque tous des hommes.

Voilà qui contrariait Duchess, très susceptible lorsqu'il s'agit de son apparence et persuadée d'être un parangon de beauté féminine, comme elle le répète à qui veut bien l'entendre.

Et cela me contrariait moi car ce n'était pas l'histoire que je tissais. On passe un contrat entre nous, conteur et auditoire : je me charge de livrer l'histoire, tant que vous vous chargez d'y croire. Nous devons tous convenir que M. Darcy est riche, sans quoi *Orgueil et Préjugés* ne tient pas debout. Nous devons croire qu'Owen Meany est minuscule, que Jane Marple tricote dans un petit village, que les hobbits vivent dans des Comtés, et que Duchess Goldblatt est une magnifique vieille femme amoureuse du monde et de tous ceux qui le peuplent.

Il y a bien quelques personnes (très peu ; j'essaie de les décourager dès que je les vois débouler au coin de la rue) qui pensent que Duchess Goldblatt est Quelqu'un, avec un Q majuscule : Quelqu'un qui pourra les aider à accomplir un objectif concret dans la vie réelle. Ils pensent que ce Quelqu'un pourra les présenter à un agent, ou les aider à être publié, à reconquérir leur petit ami, à perdre du poids, à arrêter de fumer, à trouver l'amour, à être heureux.

Tout ce que je peux faire pour eux, c'est leur offrir des paroles prévenantes de réconfort à travers la voix de Duchess. Quand ils insistent par message privé, je leur rappelle que je ne suis pas magicienne, que je ne suis pas exceptionnelle ; je leur dis que je ne suis qu'une personne parmi tant d'autres à travers le monde. Ils envoient des mails à Duchess et lui demandent des services. Ils lui demandent de lire leurs manuscrits, leurs poèmes, leurs nouvelles ; ils demandent des conseils professionnels, ils lui demandent qu'elle leur attribue le prix Goldblatt. Dois-je accepter ce poste, Duchess ? Dois-je déménager, Duchess ? Dois-je quitter mon mari, Duchess ? Ma mère est mourante, ma femme est malade, mon cœur est brisé, Duchess.

Qu'est-ce que je peux faire pour ne pas sombrer, Duchess ?

Je m'efforce de leur dire que Duchess n'existe pas au-delà des mots qu'on écrit sur une page, une miette à la fois. Qu'il ne faut rien en attendre de plus. C'est un fourre-tout d'amour et d'amitié et d'espoir, autant que l'on peut en transmettre en 140 signes, et il est à la disposition de tous ceux qui le veulent, mais derrière le rideau, je suis une personne ordinaire, seule, et je n'ai rien d'autre à offrir.

Il y a des enfants gâtés parmi vous. Ne comptez plus sur moi pour beurrer vos phrases.

J'ai toujours rêvé de présenter les superfans de Duchess à mon ami et ancien collègue, Bill. Lui et moi avons travaillé quelques années ensemble, et tout de suite, il m'a tressé des louanges. Il lisait ce que j'écrivais et me disait trois ou quatre fois par jour que j'étais brillante.

Et puis il a appris à me connaître. Il a changé de ton : « OK, tu es intelligente, c'est vrai. Je ne peux pas le nier. Mais bon sang, seulement dans certains domaines, hein ?

— Je ne vois pas. » (Je voyais très bien.)

Au bout d'environ six mois de travail commun, Bill s'est mis à soupirer et à lever les yeux au ciel. Il secouait la tête et disait :

« Tu es brillante par certains côtés, c'est évident. Mais pfiou, il y a vraiment de sacrées lacunes. Il faut bien reconnaître qu'il y a de vraies lacunes.

— Il ne faut rien reconnaître du tout. Je ne vois aucune lacune.

— Mais comment tu l'expliques ? me demanda-t-il, les yeux écarquillés. Enfin quoi, on t'a déjà diagnostiquée ?

— Comment ça, diagnostiquée ? »

Il agita la main en papillonnant des doigts autour de ma tête.

« Ce truc que tu as, là. Ton cerveau, et tout ce qui va avec. J'imagine qu'on pourrait appeler ça, mettons… quoi, au juste ? Est-ce que tu te qualifierais d'intellectuelle ahurie ?

— Non, je ne me qualifierais pas d'intellectuelle

ahurie », lui répondis-je d'une voix aussi glaciale que possible, mais aussitôt j'éclatai de rire.

C'était un type bien. C'est sa voix que j'entends dès que les gens affirment à Duchess qu'elle est un génie.

Vous diriez quoi, si on vous qualifiait d'intellectuel ahuri ?

14

J'essaie de ranger à un seul endroit mon amour indéfectible de l'humanité, mais il finit toujours en vrac sur la table de la salle à manger.

Mon père a essayé de me préparer à sa mort. Lui se savait mourant mais moi, je refusais de l'admettre ; il essayait de me le dire, et je ne voulais pas l'entendre. Ça m'était intolérable.

« Je voudrais te parler de ton mariage, déclara-t-il une fois.

— Quel mariage ?

— Un jour, je veux dire. Un jour, tu vas te marier. Je réfléchissais à comment t'accompagner jusqu'à l'autel. J'ai tout prévu.

— D'accord.

— Si tu es à côté de moi, je pourrai prendre appui sur toi, et avec quelqu'un de l'autre côté, je devrais y arriver.

— Ce sera très bien. »

Il acquiesça. Quelques jours plus tard, il aborda de nouveau le sujet.

« Donc, au sujet de ton mariage. À bien y réfléchir, je ne suis pas sûr de pouvoir marcher. On va peut-être devoir envisager que je sois en fauteuil roulant. Quelqu'un devra me pousser, et je te tiendrai la main.

— D'accord, répondis-je. On trouvera une solution. Ne t'inquiète pas pour ça. C'est dans longtemps, de toute façon. »

Puis environ une semaine plus tard :

« Chérie. À propos de ton mariage.

— Ouaip ? »

Il attendit que je le regarde dans les yeux.

« Je n'y serai pas. »

Il était au bord des larmes, ce qui m'était insoutenable, aussi essayai-je d'en rire.

« Eh ben, si tu n'y vas pas, je n'irai pas non plus. Alors tu as intérêt à te rétablir et à être présent. C'est ça ou rien.

— Mais je veux que tu saches que je paierai tout, continua-t-il.

— Arrête, Papa. On s'en fiche. Ce n'est absolument pas d'actualité. »

Je tournai les talons et m'apprêtai à quitter la pièce.

« Assieds-toi. Il y a d'autres choses dont je veux te parler. Quand je serai parti…

— Nan, coupai-je.

— Il faut que je le dise. Quand je serai parti…

— Tu ne pars pas, Papa. Tu ne peux pas. Je ne pourrai pas le supporter.

— Bon. » Mais il n'avait pas terminé. « C'est toi la plus forte, ajouta-t-il. Ce sera toi qui t'occuperas de tout le monde, quand je serai parti. Il n'y a que toi qui puisses le faire. Tu me le promets ? »

Je savais ce qu'il me demandait. Il voulait que je fasse ce qu'il avait toujours fait : aimer ceux qu'il nous était donné d'aimer, et pas seulement mon frère, mais le reste de la cellule familiale. Les aimer sans attendre de contrepartie, reconnaître qu'ils sont par essence dignes d'amour, accepter qu'ils sont les nôtres, que ça nous plaise ou non ; les aimer pour ce qu'ils sont, leur pardonner tout ce qu'ils ne sont pas. Les maintenir en vie. Les maintenir à flot.

Il voulait que j'abandonne mes études et que j'en fasse mon projet de vie, comme cela avait été le sien, afin qu'il puisse mourir le cœur en paix, sachant que tout le monde irait bien. J'avais déjà changé une fois d'université pour me rapprocher de la maison et l'aider. Je n'aimais personne au monde comme j'aimais mon père et c'était là son dernier souhait, mais je ne pouvais pas entrer dans son jeu.

« Si je quitte l'université maintenant, j'ai peur de ne jamais y retourner », dis-je, alors que dans mon esprit, c'était clair : si j'abandonnais, je ne terminerais jamais.

J'avais été élevée pour être un serviteur de la famille, comme mes grands-mères et mes arrière-grands-mères avant moi. Un objet en mouvement reste en mouvement, et un objet au repos reste au repos. Si je m'immobilisais en cet instant, je savais que je resterais à la maison, à m'occuper de mon frère et du reste de la famille, pour toujours, que mon parcours s'arrêterait là.

« Tu auras tout le temps qu'il faut pour l'université plus tard, dit-il.

— Je ne peux pas, Papa.

— Tu t'es toujours tellement bien occupé de moi. Tu ne peux pas t'occuper d'eux ? »

Je pris une profonde inspiration et regardai mes pieds.

« Ils vont m'achever, Papa. Ils vont me tuer, si je les

laisse faire. Ils seront comme des pierres autour de mon cou, et m'entraîneront au fond avec eux. »

J'avais raison, et il le savait. Mais ça n'empêchait pas qu'il avait raison, lui aussi ; j'étais assez forte. J'aurais pu me plier à sa volonté, dire oui. J'aurais pu les porter sur mon dos après sa mort, et j'aurais pu m'assurer qu'ils aillent bien.

Cependant, cela m'aurait privée de tout ce que j'avais, et je ne voulais pas que ma vie se résume à ça. Je voulais finir mes études, et pas seulement, je voulais finir de grandir. Je voulais un foyer et une famille, un jour ; une famille ordinaire, sans infirme, sans drogué, une vraie famille où nous aurions envie d'être ensemble, dans le genre de maison où les amis pourraient venir nous rendre visite. Je savais qu'un jour, j'aurais envie d'un enfant. Peut-être qu'un jour, j'écrirais même un livre. Dans l'ensemble, ce n'étaient pas des ambitions démesurées, franchement, mais ces visions fugaces je ne les avais aperçues qu'à travers les fenêtres des autres. Comment fonder une famille à partir de rien, ou sur de simples bonnes intentions ? Par où commencer ? Mon frère était alcoolique et drogué et atteint d'une maladie mentale débilitante, et moi pas ; malgré tous les immenses dons que m'avait offerts la vie, je ne parvenais pas à trouver dans mon cœur assez de compassion pour m'occuper de celui qui avait reçu moins que moi.

Je n'étais qu'une adolescente mais je voyais ce qui se dessinait dans l'esprit de mon père : de ses deux enfants, j'étais la plus grosse déception. Personne n'attend jamais rien du fils prodigue, mais celui qui est loyal s'est vu attribuer des qualités plus grandes. L'enfant dévoué peut faire mieux, on le sait, on a besoin qu'il fasse mieux.

Pourtant, tout comme il avait pardonné aux autres, il me pardonna. Il acquiesça.

« D'accord, dit-il. Je comprends. Tu sais bien qu'il fallait que je te demande. »

Il serra ma main et la porta à ses lèvres pour l'embrasser. Il la pressa contre sa joue, où je sentis ses larmes.

« Après mon départ, dit-il, s'il existe la moindre façon de te montrer que je suis encore à tes côtés, je le ferai. Cherche-moi, et tu me trouveras.

— Je n'y manquerai pas, Papa. Je te trouverai. »

Les gens me demandent souvent ce que
les personnages fictifs voient dans leurs rêves.
Nous rêvons de vous.

L'hiver dernier, mon amie Bridget m'invita à déjeuner, ce qui me parut une bonne idée sur le moment. Je m'étais récemment résolue à prévoir une activité sociale chaque semaine, sans lien avec le travail, pour me forcer à sociabiliser même si j'avais surtout envie de rester seule à la maison. Bridget était une vieille amie, et si vous avez grandi dans une famille touchée par l'alcoolisme comme la mienne, vous comprendrez peut-être que nous avons tendance à accorder une importance excessive à la longévité de nos relations. Quelqu'un a beau être un mauvais ami, vous infliger de terribles et durables dégâts, si vous le considérez comme un ami de longue date, c'est suffisant. Vous ne le lâcherez pas.

Je lui avais déjà parlé de Duchess mais elle ne la voyait pas d'un bon œil.

« Je ne comprends pas, dit Bridget. Ça me semble être une telle perte de temps.

— J'y trouve mon compte parce que je n'arrive plus

à lire comme avant, expliquai-je. Je ne suis plus capable de me plonger dans la lecture d'ouvrages complexes. Ma capacité de concentration est cuite. Avec Duchess, c'est fragmenté ; c'est découpé en toutes petites portions et en bribes d'idées. Ça aide, bizarrement. J'arrive à suivre.

— Je ne pourrais jamais me contenter de ça. Je serais plus exigeante. Je m'inscrirais à un autre master à l'université. Pourquoi tu ne retournes pas prendre des cours ? Faire un troisième cycle ? »

Un troisième cycle universitaire ? Avait-elle perdu la tête ? J'avais un enfant en bas âge. J'étais fauchée. Mon toit s'était mis à fuir et l'entrepreneur me demandait trois mille dollars pour le réparer. Je n'avais pas fait une nuit complète en deux ans. Je n'avais aucune sécurité professionnelle, et les conditions de la garde alternée m'obligeaient à rester dans ma petite ville, avec son excellente école de quartier, jusqu'à ce que mon fils obtienne son diplôme de fin d'étude : onze années supplémentaires. C'était un miracle si j'arrivais à rester assise cinq minutes en compagnie de mes propres pensées.

« Je m'accroche du bout des doigts, dis-je. Il faut que tu comprennes que je tiens à peine le coup. Il ne me reste plus rien. Je n'ai plus de jus. Mentalement, je veux dire, je suis épuisée.

— Tu devrais faire un effort. Essayer davantage.

— Mon esprit n'est plus aussi efficace qu'avant. J'essaie de lire pour le plaisir, mais je ne retiens rien, même le plus simple des romans, et même si je l'ai déjà lu. Je perds le fil de mes pensées. Je sais comment j'étais avant. Je n'ai plus ces capacités mentales. Mon cerveau ne démarre plus comme avant. C'est comme si certaines parties s'étaient engourdies.

— Ouais, mais en attendant, tu perds ton temps. Tu

pourrais faire quelque chose qui ait un sens. Tu pourrais aider les autres. Faire du bénévolat. Tu pourrais planter des arbres, bon sang. Faire quelque chose d'utile.

— Les gens semblent vraiment apprécier ce que je fais avec Duchess, rétorquai-je, la voix tremblante. Ils envoient du *fan art*. Ils lui écrivent des lettres. Ils me disent que lire ses messages est un rayon de soleil dans leur journée.

— Oh, *Duchess*, répéta-t-elle. C'est débile. Je n'arrive pas à croire que les gens puissent lire ces trucs. »

Je n'évoquai pas Lyle. Je voulais le protéger, j'ignore pourquoi. Elle tournait en ridicule quelque chose qu'il appréciait. Qu'elle me critique moi et mes idées, ça ne me gênait pas. Ça coulait de source. J'y suis habituée. Mais Lyle Lovett : non. Je ne pouvais pas supporter qu'on critique ce qu'il aimait.

« Beaucoup de gens me disent que ce que je fais a une certaine valeur, lâchai-je. C'est comme une mosaïque, un kaléidoscope. Des petits fragments de beauté et d'amusement. Je n'ai pas la capacité de me concentrer davantage. »

Elle secoua la tête.

« C'est une foutue perte de temps. »

Examiner les schémas récurrents. Il est rare que les gens parviennent à cacher leur vrai visage.

Mon réglage par défaut m'incitait à ignorer ce qu'elle venait de dire, à lui accorder le mérite de se montrer plus gentille envers moi qu'elle ne l'était en réalité, plus compatissante ou plus aimante. Mais la longévité d'une relation a peut-être ses limites. Peut-être que parfois, ce n'est pas grave de se détacher des gens.

J'écrivis tout ce qu'elle m'avait dit. Je m'obligeai à relire ses remarques de nombreuses fois au fil des mois qui suivirent, pour m'en souvenir. Il fallait que je regarde ce texte inscrit en noir et blanc sur la page pour voir les anciens schémas se répéter: Ce que tu fais n'a aucune valeur. C'est une foutue perte de temps. Ne crois jamais les gens qui t'encouragent.

À quoi était censé ressembler un ami? Peut-être pouvais-je encore le découvrir.

> Par une journée d'été ordinaire et parfaite comme aujourd'hui, une femme regarde autour d'elle et se demande: Où est mon Ethel Mertz?

Duchess:

Je serai dans ton coin cet été. J'espère que tu y seras aussi. Tu m'as manqué. Mais je ne me lasse pas d'épier la magnifique famille que tu as réunie grâce à Duchess. April et moi n'avons jamais révélé à personne ta véritable identité, nous avons seulement dit à une amie que nous savions qui tu étais sans rien préciser, comme on se l'était promis l'année dernière.

Duchess est une force de la nature unificatrice. Le voilà, le sujet de ton livre, comme tu l'auras déjà envisagé, j'en suis sûr: la façon dont nous pouvons tous être liés, dont nous sommes tous liés par le plus simple et le plus puissant des sentiments, l'amour, et par l'acceptation qui en découle.

J'ai hâte de voir ce jour où *tu* t'attribueras le mérite du génie de Duchess. Le monde entier te célébrera.

Xx Lyle

« Tu fais quoi pour Thanksgiving? » me demanda Chuck, cette année-là.

Je secouai la tête une fois pour signifier: rien.

« Tu sais que tu peux venir chez nous, si tu veux, ajouta-t-il. Tu es la bienvenue. Les enfants ont invité des amis. Les gens vont aller et venir toute la journée. Il y a toujours de la place pour une personne de plus.

— Merci, mais je ne pense pas. Je crois que je vais juste me faire oublier. »

Mon fils était avec la vaste famille élargie du côté de son père, et c'est ce que j'avais toujours rêvé pour lui : de connaître le bruit et les rires, le match de football américain, les cousins et les oncles et tantes, toutes générations confondues, toutes réunies. Je voulais qu'il fasse partie de la fête familiale, même si je n'y étais plus invitée. Je ne voulais pas qu'il rate cette occasion. J'avais essayé de trouver une église ou un foyer de sans-abri distribuant des repas chauds et où j'aurais pu me rendre utile pendant son absence, mais ceux de mon quartier ne cherchaient que des bénévoles disponibles le matin de Thanksgiving, quand mon fils serait avec moi à la maison. À 13 heures, les soupes populaires termineraient de servir le repas du jour. Employés et bénévoles fermeraient les portes et rentreraient chez eux, auprès de leur famille. Donner un coup de main quelque part m'aurait apporté un peu de réconfort, mais à défaut d'être utile ou attendue, je n'avais aucune envie d'être la personne en plus à la table d'une autre famille.

Rester seule à la maison à prétendre que la fête n'avait pas lieu me convenait beaucoup mieux que de me retrouver dans un endroit où je n'avais pas ma place le jour de Thanksgiving, avec des gens qui n'étaient pas de ma famille.

« Et Duchess ? demanda Chuck. Elle organise un grand dîner de gala ?

— Je ne sais pas. On verra. Sa fille est en prison, alors elle ne fait pas de repas de fête.

— Pourquoi sa fille est en prison ?

— Elle n'en parle pas beaucoup. On sait qu'Hacienda est coupable de crimes contre l'humanité mais Duchess reste très évasive sur la question. Elle dit que c'est dur pour Hacienda d'être la fille d'une célébrité et qu'elle mérite un peu d'intimité. Et puis, il y a eu une grande couverture médiatique à l'époque du procès, alors les gens n'ont qu'à consulter les archives publiques.

— C'est clair. » Il sourit. « La fille de Duchess s'appelle *Hacienda* ? Forcément…

— Peut-être que je vais faire en sorte que Duchess demande aux gens de partager des photos de leurs tartes.

— Eh, ça fait un bail que je n'ai pas mangé une de tes tartes, dit Chuck. J'adore tes tartes. Et si tu m'en préparais une ?

— Je pourrais. Peut-être », répondis-je, même si je savais que je n'en ferais rien.

La pâtisserie ne m'intéressait plus. Je me laissais trop facilement distraire. Je ne savais plus combien de farine j'avais versé dans la pâte, ou j'oubliais ce que j'avais mis au four, je m'éloignais et laissais les plats roussir puis brûler. Tout était épuisant, tout demandait trop d'efforts. Et à quoi bon. « Tout fait mal », avais-je envie de lui dire en cet instant, mais je me contins. J'avais assez de jugeote pour me retenir. Au bout d'un certain moment, les gens perdent patience face à votre chagrin. Ils ont envie que vous passiez à autre chose.

> Horaires de Duchess pendant les fêtes (merci d'en prendre note): aube, crépuscule naissant, silences gênés, et le mardi 7 h-9 h.

« C'est incroyable ce que les gens peuvent endurer, quand ils y sont obligés, me dit un jour la femme de Chuck. Une de nos voisines a quatre cancers différents. Quatre cancers ! Tu imagines ? Et elle est aussi joyeuse qu'on peut l'être. Elle ne se plaint jamais. Une vraie source d'inspiration. Tout le monde aime sa compagnie. Elle dégage une telle énergie positive. Dans le quartier, on s'organise pour apporter un dîner à sa famille chaque soir.

— Wow.

— Ce que je veux dire, c'est que tu devrais être contente d'être en bonne santé. C'est tout ce qui compte.

— C'est vrai.

— Ce qui ne te tue pas te rend plus fort. Tu as déjà entendu ça ?

— Je n'ai aucune envie d'être forte à ce point. Je préfère que ça me tue.

— Ne dis pas ça. C'est affreux. Il faut juste penser qu'il y a des gens qui sont plus à plaindre que toi. Tu n'es pas la seule à avoir énormément perdu.

— Je suis d'accord. »

Que répondre à ça, une voisine qui souffre de quatre cancers différents ? Quel intérêt de comparer notre chagrin à celui des autres ?

Certaines personnes sont plus à plaindre que toi. Serre les dents et ravale ta tristesse. Souris. Apporte un plat à la voisine. Ce qui ne te tue pas te rendra plus forte.

J'entends ce que vous pensez. Quel degré de douleur, de 1 à 10 ? Pourquoi était-ce atroce ? Pourquoi était-ce si traumatisant ? Je vous entends le penser car les gens me l'ont dit en face ou dans le dos, des années durant. *Ce n'était pas si terrible que ça, si ? Certaines personnes sont bien plus à plaindre.*

Beaucoup de gens perdent des amis de longue date,

perdent leur famille, leur mari, leur travail, leur argent, leur maison, leur stabilité, leur estime de soi, leur place dans ce monde. Ce n'est pas pour autant qu'ils se baladent dans la nature en se laissant pousser des alter ego virtuels.

Je ne prétends pas le contraire. J'ignore pourquoi les choses étaient ainsi. Tout ce que je peux dire, c'est que dans mon cœur, dans mon esprit, dans mon cerveau: j'étais brisée. J'étais brisée en mille morceaux. À la place de ce qui avait autrefois composé un tout, il ne restait que quelques éclats, une mosaïque qui aurait pu être jolie si les motifs n'avaient pas été aussi irréguliers.

Tout me faisait souffrir, à l'exception d'être Duchess. Je me souviens d'avoir si souvent pensé : j'ai envie de rentrer à la maison, pour me rendre compte aussitôt qu'il n'y avait plus de maison. J'avais un toit au-dessus de la tête, mais plus d'endroit moelleux où atterrir, ni personne nulle part pour m'ouvrir sa porte. En quête de soulagement, je ne pouvais me replier que sur moi. Et Duchess était l'unique baume sur mes plaies béantes.

C'est dans cet état d'esprit que Duchess organisa à Thanksgiving le Jeudi profane de la tarte, au cours duquel elle invita ses abonnés à publier des photos de leurs desserts. Je n'y réfléchis pas vraiment sur le moment; c'était une lubie qui me paraissait drôle, comme tout ce qu'elle fait, mais à mesure que la journée s'écoulait, cela devint immensément touchant – du moins à mes yeux – d'être invitée à entrapercevoir chez les autres ces fragments de tables de fête et de tartes.

> Je m'interroge sur vous: à quoi ressemblent vos maisons, vos amitiés, vos murmures quand vous pensez que je n'écoute pas?

Assise dans ma maison vide, la nuit étant déjà tombée à 16 heures, je regardais les photos des tables de fête des autres, des tartes préparées par leur mari, ou leur femme, ou leur beau-frère, ou achetées dans les pâtisseries de quartier. Sur le fil de Duchess, les gens commentaient leurs offrandes respectives et se souhaitaient une bonne fête. C'était un raout que Duchess avait organisé à la dernière minute, et tout le monde était invité à sa table imaginaire dans l'éther. Pas une véritable réception mais c'était presque aussi bien, non ? Nous étions ensemble, en quelque sorte – par la pensée, ce qui est toujours le principal – et nous avions chacun notre place.

L'idée qui me traverse alors l'esprit, c'est que Thanksgiving était ma fête préférée du temps de mon vivant ; et là, je dois marquer une pause, me rappeler que je suis encore en vie – en vie, bien sûr ; je sais que je suis en vie – et repenser à cette phrase de John Irving dans *Une prière pour Owen* : « C'est à Noël que nous prenons conscience de ce qui nous manque, de ceux qui ne sont plus avec nous. »

> Le truc, c'est de ne pas bouger. La belle idée qui volète hors de mon champ de vision vient alors se blottir dans la chaleur de mon cerveau.

Lyle :

Bonjour à vous deux. Thanksgiving est une fête difficile, par ici. Duchess et moi allons puiser au plus profond de nous-mêmes pour trouver quelque chose de beau. Suite à nos conversations, je pense beaucoup à la pâte à tarte et à l'écriture, combien ils ont en commun ; il y a des règles que l'on peut apprendre, et il y a l'intuition, la mémoire des sensations que procure la pâte : vos tripes qui vous indiquent quand elle est prête, quand cesser de la toucher au risque de la rater. John Irving a publié un livre d'essais où il compare l'écriture aux sports de lutte – je ne le recommande pas, c'est TRÈS John Irving, en d'autres termes, si tu n'aimes pas déjà l'auteur, ça ne va pas aider – mais il en vient à cette même idée qu'il faut s'entraîner sans relâche, en écriture comme à la lutte. Ou, sans doute, à la préparation de pâte à tartes. — DG

Bonjour vous deux :

On est heureux de vous connaître, toi et Duchess. Tout comme le sont ses abonnés, reconnaissants de ce qu'elle fait pour eux. J'ai lu plusieurs ouvrages de John Irving, et je suis d'accord sur son côté sombre. La dernière phrase de *Garp* n'est-elle pas "Nous sommes tous des incurables" ? J'ai trouvé *Un mariage poids moyen* très noir. Irving contre Sedaris, voilà un combat de lutte que je paierais pour voir. — Lyle

Conseil d'écriture de Duchess: utilisez toutes les lettres, pas que les voyelles. Etalez-les sur la page jusqu'à obtenir l'effet souhaité.

« Ta mère doit être une femme épatante, me lança un jour une collègue, tout de go.

— Qu'est-ce qui te fait croire ça ?

— Tu es tellement encourageante et prévenante. Tu es la personne la plus encourageante avec qui j'aie jamais travaillé. Tout est amusant, avec toi. Et tu pars toujours du principe que les gens sont bienveillants. J'aurais aimé avoir une mère comme la tienne. Ma mère n'était ni encourageante ni prévenante.

— Je ne suis pas sûre qu'on puisse établir un lien de causalité, répondis-je. Mais tu confonds peut-être avec mon père. Il était extraordinaire. »

Enfant, j'avais l'intuition que quelque chose ne tournait pas rond mais je ne savais pas quoi, aussi j'essayais de singer ce que je pensais voir dans les autres familles. C'est une erreur classique commise par les mômes qui grandissent dans un environnement frappé par les maladies mentales et l'addiction ; ils doivent découvrir par eux-mêmes comment se donner l'apparence de la normalité, et ces faux-semblants s'écroulent toujours, tôt ou tard.

Je me souviens d'une fois où le propriétaire d'un commerce du quartier avait entendu parler d'un scandale ayant touché ma famille – une arrestation quelconque liée à la drogue, rien de bien méchant ; je n'y avais même pas vraiment prêté attention – et dans un effort de gentillesse, il m'avait tapoté la main.

« Chaque famille a son mouton noir, m'avait-il dit. Chaque famille. Tu n'as pas à avoir honte. Ça ne reflète pas qui tu es, toi. »

J'acquiesçai et dissimulai mon sourire. J'aurais aimé lui dire le fond de ma pensée : Lui ? Vous croyez que j'ai honte de lui ? Attendez que je vous présente le reste de la famille !

Mais je convins qu'il y avait une part de vérité dans les propos de cet homme. L'addiction et la maladie mentale prospèrent dans l'obscurité. Pourquoi les cacher ? Mes proches avaient des problèmes, et alors ? Je décidai dorénavant de dire la vérité, sans honte ni fioriture.

Le problème, avec cette stratégie, c'était qu'à chaque

fois que j'y allais franco, tout le monde pensait que je plaisantais.

Je finis par laisser un ami d'université venir manger à la maison avec mon frère et moi. J'en avais assez de cloisonner ma vie, comme si j'avais quelque chose à cacher. Toutes les familles ont leurs problèmes, non ? Je révélai la vérité à mon ami, avec une candeur absolue.

« Mon frère à des tendances anormales liées à l'addiction et à sa personne en général, lui dis-je. Mais rien qui doive t'effrayer. S'il y a le moindre signe de dérapage, promis-je, je m'en occuperai tout de suite. Au pire, ce sera gênant, il ne se passera rien d'horrible. »

Le dîner fut une réussite, de mon point de vue. J'étais touchée, vraiment ; mon frère n'avait pas eu d'interaction sociale avec un inconnu depuis une vingtaine d'années, mais il ressortit ses vieilles manières d'école militaire. Il était propre, bien coiffé. Il essaya d'être agréable, de faire la conversation, à sa manière. Je voyais qu'il faisait un effort. Je considérai le repas comme un immense succès.

La perception de mon ami fut différente. Quand nous repartîmes, je vis que ses mains tremblaient sur le volant de la voiture. Il paraissait sincèrement secoué.

« Qu'est-ce qui ne va pas ? demandai-je.

— Je suis désolé. » Sa voix se brisa et il se racla la gorge. « Je ne sais pas ce qui m'a pris. C'est juste que je n'avais jamais rien vu de pareil.

— Quoi ? Comment ça ? » Mon cœur se serra un peu. « Je t'avais parlé de lui. Je t'avais dit qu'il avait pas mal de problèmes.

— Je sais.

— Il a fait un immense effort. Il s'est tenu à carreau. Qu'est-ce qu'il a fait ?

— Rien, rien. C'est bon. Tu m'avais prévenu. J'ai toujours pensé que tu exagérais, je crois.

— Oh. Non, je n'exagérais pas.

— Ouais. Je comprends, maintenant. »

Je me demande encore aujourd'hui ce qu'il avait pu trouver de si perturbant. Honnêtement, j'ignore ce qui l'avait fait tiquer. Je n'ai rien vu d'anormal.

> Apprend-on encore aux enfants à décortiquer
> les phrases? Sont-elles autorisées à l'école,
> ou est-ce émoticônes et chasse aux récompenses?

Ce n'est pas un hasard, me dis-je, si dans les contes de fées, la belle-mère est souvent décrite comme maléfique. (On reviendra sur les abysses de misogynie dans notre imaginaire collectif, dans l'art, dans la vie, dans le champ du réel et dans les histoires que nous racontons le soir à nos enfants, mais pas ce soir, mes chéris.) Que ce soit juste ou injuste, quand les enfants sont petits, un beau-parent est perçu comme un briseur de rêve. Si vous comptez vous immiscer entre un jeune enfant et sa mère adorée, quel que soit le contexte, il vous faudra prendre soin d'avancer avec une très, très grande prudence. Ce qui coule plutôt de source, comme le soulignent les pédopsys dans leurs écrits.

Mon fils, à quatre ans, avait des opinions bien tranchées. Il a eu des opinions bien tranchées dès la naissance, et il a encore aujourd'hui des opinions bien tranchées, mais qu'il garde en général pour lui. Il n'y a qu'à moi qu'il dit tout.

« C'est mon travail, en tant que maman, de m'assurer qu'en grandissant, tu deviennes un homme bon, avec une place aimante dans ton cœur pour tous les êtres vivants, lui répétais-je souvent quand il était petit. Ça ne me fait pas plaisir d'entendre que tu éprouves de la haine pour quelqu'un. »

Il déversait ses raisonnements, ses explications, ses idées.

« Je comprends exactement ce que tu me dis, lui répondais-je. Je comprends que tu as des sentiments forts, et je vois pourquoi. Tu as le droit d'avoir tes propres sentiments. Ton cœur t'appartient. Personne d'autre que toi ne peut décider de ce qui vit dans ton cœur. Toi seul peux choisir les gens que tu veux aimer. »

C'est incroyable comme les vérités simples résonnent chez les petits enfants. Aussi jeune soit-il, il saisissait la réalité de mes propos. Il acquiesçait.

« Et je sais que tu m'aimes, et que tu veux protéger mes sentiments, lui disais-je. Mais ça ne me donne pas l'impression d'être aimée et protégée, quand j'entends que tu détestes quelqu'un. Détester les gens ne m'aide pas, et ça ne t'aide pas à grandir non plus. Ça te rend petit et méchant. Ce n'est pas ce que je souhaite pour toi. Je veux que tu aies un cœur immense, paisible et aimant. Et tu vois cette étincelle du divin, de ton âme, cette étincelle éternelle qui brille en toi ? Tout le monde en a une. Chaque humain a une âme. Tout le monde a un peu de bonté en lui. »

Autant que je m'en souvienne, il s'ensuivait une discussion enflammée.

« Si je fais mon travail de maman, ton cœur deviendra si grand que tu trouveras toujours une minuscule place pour chaque personne sur terre, disais-je. Tu n'es pas obligé d'aimer tout le monde. Mais si tu sens ton cœur se durcir contre quelqu'un, j'espère que tu essaieras de trouver trois choses positives à dire à son sujet. »

Nous y avions travaillé. Quand il s'endormait le soir, nous parlions de nos journées respectives, et s'il avait des problèmes avec quelqu'un dans sa vie, nous cherchions trois bonnes remarques à faire sur cette personne. Certains soirs, il ne trouvait qu'un seul compliment pour cette personne avec qui il peinait à s'entendre, et je lui offrais quelques suggestions. Il les rejetait presque toujours sous prétexte qu'elles ne venaient pas de lui. Nous convenions de réessayer une prochaine fois. (Toujours avancer pas à pas, les amis.)

Il aurait été plus simple de lui donner une vérité différente : Oui, mon fils, je suis d'accord avec toi. Certaines personnes sont des monstres. Il y a des gens sur cette terre qui ne portent pas tes intérêts dans leur cœur. Tout le monde ne se montrera pas aimant et fidèle avec toi.

Mais vous savez quoi ? Il l'avait déjà appris dans la douleur, à quatre ans. Il n'avait pas besoin que j'insiste là-dessus. Il avait besoin que je lui montre un chemin vers la lumière.

J'ai dû en ravaler, de l'amertume, au cours de ces années. On m'avait dit qu'il me faudrait être surhumaine, et en quelques occasions, il me semble avoir fait le nécessaire. J'ai fait appel à Duchess. Duchess, qui nourrit un amour indéfectible pour l'humanité. Duchess, qui voyait l'étincelle divine en chaque personne. Mon cœur était fragile et brisé, mais Duchess s'était avancée, elle avait mis dans ma bouche des paroles de beauté et de gentillesse.

15

> Les poids légers et les piliers de bar ayant levé le camp, je peux enfin vous chanter quelques titres de mon premier album.

L'idée du Concours canin de Duchess Goldblatt est née le jour de mon anniversaire, une année où je n'avais rien à faire ni nulle part où aller. Vint ensuite le Concours félin de Duchess Goldblatt et son spin-off très apprécié, le Concours félin de Duchess Goldblatt – catégorie Ventres mignons… Quand ? Je ne m'en souviens plus. Peu importe le jour, j'étais en train de me débattre et de couler, j'essayais à tout prix de me maintenir à flot. Organiser un défilé canin en ligne me parut amusant. Duchess invita tout le monde à participer et rappela que l'inscription était gratuite ; inutile d'acheter des billets d'entrée aux revendeurs à la sauvette.

« Comment fais-tu pour organiser un concours de chiens ? me demanda Jackie quand j'évoquai le sujet.

— Où est le problème ?

— D'où tu sors toutes ces photos de chiens ?

— De nulle part. Les gens publient les photos de leurs chiens pour me les montrer.

— Et tu fais quoi, une fois qu'ils te les ont montrées ?

— Ben rien. Je dis des choses gentilles. Je dis que leur chien est la gloire de Dieu incarnée, une joie à chérir, et ainsi de suite, puis d'autres personnes interviennent et commentent à leur tour.

— Qu'est-ce que ça leur apporte ? »

Je haussai les épaules. « Je ne sais pas. C'est marrant. Tout le monde aime partager des photos de son animal de compagnie. Et en plus, c'est Duchess qui leur dit de le faire.

— Tu leur dis de faire quelque chose, et ils obéissent ?

— Ouaip.

— Qu'est-ce que tu leur demandes d'autre ?

— Oh, tu sais, de faire preuve d'invention, d'offrir leur pardon à autrui, de pratiquer la patience. Ce à quoi mon père m'encourageait, maintenant que j'y pense. La plupart du temps, quand elle leur demande quelque chose, c'est souvent moi qui me parle à moi-même. Elle met son influence au profit du bien. Duchess leur a donné des missions de pleine conscience à effectuer l'année dernière, en guise de sacrifice de Carême.

— Pas possible. Je ne te crois pas. Tu es en train de tout inventer.

— Pas du tout. Ils ont pris ça très au sérieux.

— À quoi tu les as obligés à renoncer ?

— Je n'ai *obligé* personne. Seuls les gens qui ont demandé une tâche à accomplir en ont reçu une. Chacun a reçu une mission différente. Duchess a suggéré de petits sacrifices que chacun pouvait accomplir afin de pratiquer la pleine conscience. Comme une façon de se calmer et de recentrer ses pensées, tu comprends ?

— Quel genre de sacrifices ?

— Ne prends pas cet air apeuré. Ce n'est pas comme si j'avais demandé à quelqu'un d'arrêter de prendre son insuline. Ce n'était que des choses minimes dont la privation ne les ferait pas vraiment souffrir, mais auxquelles ils devraient penser chaque jour, comme cesser de porter des vêtements bleus, peut-être, ou d'utiliser des points d'exclamation, ou de cuisiner à l'ail. Ou de mettre des glaçons dans leur verre. Je crois avoir dit à une personne qu'à chaque fois qu'elle utiliserait un crayon à papier, elle devrait marquer une courte pause et emplir son cœur de gratitude en pensant à tous les présents qu'elle avait reçus. Ce genre de chose.

— Tu as demandé à quelqu'un de renoncer aux glaçons ?

— Ouaip. À un mec en Californie.

— Et il l'a fait ?

— Évidemment. On ne refuse rien à Duchess. Beaucoup de gens m'ont dit que les choses auxquelles elle leur avait demandé de renoncer étaient justement les choses qui importaient à leurs yeux. Curieusement, elle avait réussi à trouver la bricole qui avait du sens pour eux. »

> On me rappelle qu'à cette époque, l'an dernier,
> j'avais distribué des sacrifices de pleine conscience.
> Dites-moi si vous voulez remettre ça.

Vous avez prévu quoi pour moi cette année, votre grâce? – CT

> Dès que vous verrez la couleur violette, je veux que
> vous preniez une grande inspiration et reteniez
> votre souffle pendant sept secondes.

J'aurais bien besoin de vos conseils spirituels, votre grâce. – D

J'aimerais que vous ne mangiez plus de poivre noir et, ce faisant, que vous preniez un instant pour méditer sur la nature de la souffrance.

Je suis partant moi aussi. Je vous écoute. – E

J'aimerais que vous renonciez au basilic, très cher, et profitiez de cet instant pour vous pardonner.

J'y pensais aujourd'hui! Accordez-m'en un, s'il vous plaît, votre grâce. – C

J'aimerais vous voir renoncer aux sandwichs. Et chaque fois, vous marquerez un temps en souvenir d'un être qui vous a aimé tendrement.

Je suis faible, et si puissant est le plaisir du levain. J'essaierai néanmoins, votre grâce. – C

Prêt et partant ici aussi. – W

Dès que vous verrez la couleur orange, trouvez au fond de votre cœur un fragment de gentillesse à l'intention de votre belle-mère.

Ça va être dur. – W

Je le sais bien.

Prête pour mon sacrifice, votre grâce. L'an passé, vous m'avez attribué les bijoux en argent, et si on était un Mardi de confession j'avouerais que j'ai eu du mal. – P

J'aimerais que vous cessiez d'employer "vraiment", et ce faisant, prenez le temps de contempler les cadeaux que vous avez reçus.

Il m'en faut un aussi, votre grâce. – AD

J'aimerais que vous n'écriviez qu'au stylo bleu. Ni stylo noir, ni crayon à papier. Méditez alors sur la signification de la tendresse.

A votre disposition, je vous prie, votre grâce. – BCD

Aussitôt que vous entendrez le mot "trump",
j'aimerais que vous étendiez votre bonté aimante
vers ceux qui ne la méritent peut-être pas.

Voilà un sacré défi. Merci, votre grâce. – BCD

Quand je décrochai et que j'entendis la voix douce et enjouée de Jackie, je craignis le pire. Ce n'est jamais bon signe quand Jackie m'appelle en plein milieu de la journée, un jour de la semaine.

« Comment ça va, chez toi ? demanda-t-elle d'un ton joyeux. Tu passes une bonne journée ? »

Oh, oh. « Qu'est-ce qui ne va pas ?

— Rien. Pourquoi ça n'irait pas ? Non, je suis juste curieuse de savoir pourquoi un restaurant du Kansas me fait livrer un énorme colis de tartes par FedEx.

— Ah, ça, répondis-je, soulagée. C'est pour Duchess.

— Pour Duchess, sans déconner. Qui d'autre se ferait livrer un foutu colis chez moi ? Je n'ai pas la place pour tout ça dans mon frigo.

— Sérieux ? Tu n'as pas la place ? Mais ils ont envoyé combien de tartes ? »

Elle baissa la voix dans un sifflement qu'elle réserve habituellement aux adolescents et aux chiens.

« Ramène ton cul ici et viens récupérer ces foutues tartes.

— J'arrive ! » (Voilà comment je viens à bout de mes Hommes de l'Extérieur tous les six mois. Beaucoup de gens n'ont aucune patience avec les amusements purs et simples.)

Je me mis aussitôt en route, chatouillée par la curiosité. Les tartes étaient bien entrées dans son frigo (ce que j'aurais déjà pu deviner, d'ailleurs, car qui n'est pas capable de faire dans l'urgence un peu de place pour quelques tartes ?). Elle était assise sur les marches à l'arrière de sa maison et m'attendait.

« Bon sang, s'écria-t-elle en se levant d'un bond. J'ai cru que tu n'arriverais jamais ! Tu ne vas pas y croire. Attends un peu de voir ça. »

Nous ouvrîmes le frigo et demeurâmes interdites devant tant de beauté. À l'intérieur se trouvaient deux magnifiques tartes à la crème, chacune nichée dans une pâte dorée et surmontée d'une garniture artisanale à la mûre.

« La mûre, c'est mon parfum préféré, lui dis-je. Comment ont-ils deviné ?

— C'est magique », dit-elle en sortant une tarte.

Elle la découpa et nous sortîmes avec nos assiettes sur la terrasse à l'arrière de la maison, où nous restâmes assises dans un silence respectueux. Les yeux fermés, Jackie savourait chaque bouchée en silence.

« C'est la meilleure tarte que j'aie jamais mangée. »

Elle entrouvrit les paupières.

« Maintenant dis-moi qui t'envoie ces foutues tartes depuis le Kansas ?

— C'est un restaurant, le Ladybird Diner, dans une ville qui s'appelle Lawrence. J'ai vu des photos. Ça a l'air d'un lieu vraiment unique. Ils adorent Duchess. Ils ont créé une nouvelle recette de tarte et l'ont baptisée en son honneur.

— Quoi ? Non !

— Et si. Je te jure.

— Mais pourquoi un restaurant du Kansas baptiserait une tarte en l'honneur de Duchess Goldblatt ?

— Ça me semble pourtant évident, Jackie. Ils m'adorent. Allez, on part en voyage. On va les voir !

— Un voyage dans le *Kansas*? Tu sais combien de temps ça prendrait ?

— Oui. » (Non.) « Tu pourras peut-être m'y emmener l'été prochain ? Je ne suis jamais allée dans le Kansas.

— Tu m'étonnes ! C'est à des milliers de kilomètres !

— C'est l'occasion rêvée, dis-je. On se fait un road trip, on va manger une petite tarte.

— Je ne t'emmènerai pas dans le Kansas. Sors-toi cette idée de la tête. Et puis tu peux aussi oublier la deuxième tarte de Duchess dans mon frigo. Je la garde.

— Absolument. Je suis sûre que nos amis du Ladybird Bird voudraient que tu la gardes. »

Elle sourit.

« Tu sais ce qui est le plus curieux, avec Duchess ? lui demandai-je.

— J'en ai une vague idée, oui. Tout est curieux, avec elle.

— Non. C'est que Duchess se souvient des petites choses, des détails. Moi, j'ai perdu la mémoire, tu le sais. Je n'arrive plus à me souvenir de rien.

— J'ai remarqué.

— Duchess se rappelle le nom des animaux de compagnie des gens, celui de leurs enfants, de leur époux, leur métier, leurs loisirs. Je ne sais pas comment elle fait.

— Tu essaies de te souvenir de tout ça ?

— Non. Tu sais bien que j'oublie tout. Elle, elle se souvient sans aucun effort.

— Tu l'écris quelque part ?

— Arrête, tu sais que je m'en fiche pas mal.

— C'est très vrai, dit-elle. Tu te souviens de la fois où tu as oublié le nom de mon chien ?

— Tu as eu tellement de chiens. C'est impossible de les garder tous en tête.

— Je n'avais qu'un seul chien. Un seul. Les autres étaient morts depuis cinq ans, au moins, et tu avais oublié le nom de mon seul chien encore en vie. Sparkles ! Tu as connu Sparkles toute sa vie ! Elle te considérait comme un membre de la famille !

— Ce que je veux dire, repris-je, c'est que Duchess puise dans d'autres parties de mon cerveau pour se souvenir de tout. Regarde la liste des gens à qui elle est abonnée. » Je lui tendis mon téléphone. « Pose-moi des questions sur eux.

— Tu es abonnée à six cents personnes. Comment tu peux suivre, avec autant de gens ?

— Eh bien, ils ne parlent pas tous en même temps. C'est comme être à une soirée. Tu te déplaces, tu participes à différentes conversations. Tu te mêles aux gens. Et puis, j'apprends beaucoup de choses grâce à eux. Tu serais surprise de savoir à quel point les gens sont drôles et intéressants. Allez. Vas-y. »

Elle entreprit de parcourir la liste en lisant des noms à voix haute.

« Je vois là une Shirley en Californie.

— C'est une des préférées de Duchess. Elle était agente immobilière et elle s'est reconvertie comme coach personnel. Elle a quatre ou cinq enfants, je crois. Que des garçons. Elle s'est déguisée en Duchess, une fois. Attends. J'ai gardé la photo.

— Elle s'est déguisée en Duchess ? Qu'est-ce qu'elle a pris pour faire le bonnet et la fraise ?

— Aucune idée. Je crois qu'elle a fabriqué la fraise

avec du tissu ou des filtres à café. Tiens. Regarde. » Je repris mon téléphone et trouvai la photo que j'avais sauvegardée de Shirley la Californienne.

— Putain, dit Jackie. Elle porte des filtres à café.

— Elle n'est pas adorable ?

— Elle est ravissante. Bon, alors, voyons qui on a d'autre. Benjamin Dreyer ?

— Je l'adore. Il vit à New York. C'est devenu un vrai ami.

— Comment ça, *vrai* ? Tu l'as rencontré ?

— Non, bien sûr que non. C'est plutôt qu'on a partagé nos vérités les plus profondes. Et comme ça fait quelques années qu'il écrit un livre, environ quatre ou cinq ans, Duchess lui a dit que quand il serait publié, elle prendrait vie pour lui s'il faisait une soirée de lancement.

— Comment va-t-elle prendre vie et aller à sa fête ?

— Moi. Je parle de moi. J'irai à sa fête.

— Tu vas sortir de chez toi, quitter cette ville, aller à New York pour assister à une soirée dans l'édition ? Et comment tu vas te présenter ? »

Je marquai une pause. Il était possible que je n'aie pas réfléchi à tous les détails.

« Je trouverai bien quelque chose. Ne t'inquiète pas pour ça. Quoi qu'il en soit, Benjamin avait promis à son partenaire qu'une fois le manuscrit terminé, ils pourraient enfin adopter un chien, et le chien qu'ils ont choisi a l'air trop sympa. Sallie. Une sorte de mélange de bulldog terrier, blanche avec des taches marron et rousses. Tout le monde craque pour Sallie.

— OK. Adam.

— Lequel ? Elle a plusieurs Adam. Ah, oui, Adam Begley. Il vit en Angleterre. Il a un énorme chien, magnifique, au poil hirsute, poivre et sel. Une espèce de chien-loup, peut-être ? Je devrais connaître la race. Donne-moi mon téléphone. Je vais lui envoyer un message.

— Plus tard, sur ton temps libre, lança-t-elle, se penchant en arrière pour éloigner mon portable. Ensuite, Good Maggie.

— Good Maggie ! Duchess l'appelle Sa Bonté. Elle est bibliothécaire jeunesse. Elle a deux chiens, même si je crois que les chiens vivent chez ses parents. Bentley est une sorte de golden retriever, peut-être, et Elphaba, je ne sais pas sa race. Un chien blanc aux oreilles pointues. Quand elle s'est mariée, son mari et elle ont tenu entre eux un portrait géant de Duchess à la cérémonie.

— Non.

— Oh, si. Sa mère l'avait fait imprimer et encadrer. Elle l'a apporté avec elle au mariage. Duchess était invitée à la cérémonie, d'ailleurs.

— Quoi ? Ces gens t'ont invitée à leur mariage ?

— Non, pas moi. Ils ont invité Duchess. Elle a répondu qu'elle serait bien venue, s'ils l'avaient laissée officier.

— Je n'arrive pas à croire que la mère de la mariée ait pu apporter un portrait de Duchess au mariage de sa fille.

— Elle a fabriqué des décorations de Noël artisanales à l'effigie de Duchess Goldblatt, une année.

— On y reviendra. Cedar Waxwing.

— Oh, Cedar Waxwing. Duchess lui a conseillé d'utiliser ce nom, j'ignore pourquoi. J'ai oublié. Son vrai nom, c'est Nate. Il est développeur de logiciels à Boston. Il a un chat baptisé Ted, et il envoie des photos de Ted au Concours félin de Duchess Goldblatt. Il m'a envoyé une vidéo de bonne année avec son chat, le soir du réveillon.

— Tu as un concours félin ? Ne me réponds pas. Je dois d'abord digérer le mariage et les décorations de Noël. Allez, on continue. Howard Mittelmark.

— Howard est un écrivain et un éditeur incroyable. Elle l'adore. Il décortique tout ce qu'elle écrit. Lui, entre tous, sait quand j'ai de la peine et que la tristesse pointe dans la voix de Duchess, alors il m'envoie un message privé pour prendre de mes nouvelles et s'assurer que je vais bien. Elle le considère comme l'un des êtres qui lui sont le plus chers. Pas d'animal de compagnie à ma connaissance.

— Connie Schultz.

— Ah, oui. La chroniqueuse. Journaliste. Elle est mariée avec Sherrod Brown.

— Je ne sais pas qui c'est.

— Le sénateur de l'Ohio. Ils ont un teckel à poils longs, un croisement je crois, qui s'appelle Franklin. Tu vois le genre, ces teckels aux longs poils soyeux, plutôt marron foncé et noir, avec d'immenses yeux bruns magnifiques ?

— Tu cherches à me dire qu'un sénateur connaît Duchess Goldblatt ?

— Je l'espère bien, oui. S'il y a quelqu'un à qui la lumière éclatante et la sagesse universelle incarnée par Duchess seraient utiles, c'est le gouvernement américain.

— Bon. Laisse-moi te poser une question, déclara-t-elle en reposant le téléphone. C'est quoi, mon boulot ? »

Je m'interrompis une minute.

« Tu es un genre d'assistante sociale, répondis-je.

— Une assistante sociale ?

— Non ? Tu diriges une équipe d'assistants sociaux. Tu es manager. »

Elle me dévisagea d'un regard noir.

« Mais non, bien sûr, continuai-je. Non, je sais que c'est faux. Directrice du développement. Tu rédiges des dossiers de bourses ? C'est ça, des dossiers de bourses. Mais tu étais assistante sociale, non ?

— T'es pas croyable.

— Je suis désolée, dis-je. C'est plus fort que moi. Je ne le fais pas exprès.

— C'est incompréhensible. Comment tu peux te souvenir de tous ces détails sur des gens que tu ne connais même pas ?

— Aucune idée. Même si j'ai plutôt l'impression de les connaître.

— Ils ne te connaissent pas. Ce ne sont pas tes vrais amis. Ils ne connaissent même pas ton nom.

— Ils connaissent mon cœur. Ils connaissent ma voix. C'est ce que j'ai de meilleur. De toute façon, je n'ai jamais aimé mon vrai nom, à dire la vérité. Tu sais ce qui est drôle, quand j'y pense ? J'avais une excellente mémoire, avant. C'était hallucinant. Je reconnaissais des gens que j'avais croisés dans un bus, cinq ans plus tôt. J'étais capable d'avoir un livre entier en tête et d'en voir toutes les parties en même temps. J'ai perdu tellement de terrain, mais c'est presque comme si Duchess avait trouvé un chemin pour retourner à ma mémoire. Elle a rallumé la lumière.

— Si Duchess est capable de fabriquer de nouveaux souvenirs, c'est que ta mémoire est toujours là. Pourquoi tu oublies autant, à ton avis ?

— Je ne sais pas, mais crois-moi c'est un soulagement. Si je tombe sur une ancienne connaissance et n'arrive pas à me souvenir de son nom, ou du nom de ses parents, ou de la façon dont elle m'a abandonnée, alors ma seule pensée, c'est : Dieu merci. Je remercie Dieu de m'avoir privée de mes souvenirs. Perdre la mémoire ne peut être qu'une bonne chose pour moi. »

Tous les manuscrits égarés ont été retrouvés, numérotés, baignés dans l'eau de rose et réduits en confettis. C'est ce qu'ils auraient voulu.

16

Vous vous demandez comment une bourgade imaginaire de New York finance ses services et un Festival de vodka. Subsides et peep-shows.

Ai-je mentionné que j'ai été promue ? Je dirige une équipe de quinze personnes, à présent, pauvres hères. C'est le genre de travail que j'apprécie car il demande d'encourager les gens, ce qui est plutôt mon truc, mais il y a aussi toute la paperasse qui n'exige d'activer qu'une demi-douzaine de cellules neuronales et une feuille de calcul. Parfois, les nuits où mon fils est chez son père, je passe en revue les notes de frais des gens ou j'approuve leur demande de congés payés, en n'utilisant qu'une part de ma vieille caboche. Vous savez ce que c'est, quand le reste de votre cerveau part gambader et arpenter le monde pour se faire de nouveaux amis sans vous. Et je découvre que c'est le genre de choses que Duchess a manigancé pendant que j'avais le dos tourné.

Cette image pour vous rappeler que la vérité et la beauté sont encore parmi nous, et que la bonté est partout.

Parfois, c'est difficile à voir. – G

Je le sais bien.

Merci, votre grâce. J'éprouve un désespoir total mais je vais essayer de me souvenir de tout ce qui est bon. – N

De manière générale, je pense que nous avançons vers l'illumination, mes chéris.

Tout paraît si insidieux. La démocratie, les discours, la civilité, l'empathie, tout s'écroule. – N

On relève le menton, mon chaton. Je vous ai éduqués pour être d'intrépides Golblattiens. Puisez dans ces connaissances à présent.

Vous ne nous décevez jamais. – D

Je crois que je ferai graver ces mots sur ma pierre tombale, si vous n'y voyez pas d'inconvénient.

Vous le pourriez, si vous étiez mortelle. – D

Merci, votre grâce. Pardonnez-moi, il est 3 heures du matin. Je suis sur la côte ouest, j'attends un vol de nuit. L'amour terrasse la haine. – M

Vous pouvez me parler à 3 heures du matin, si vous le souhaitez. Je suis généralement debout et active, de toute façon.

"La tête est sans repos qui porte la couronne" et c'est pour cela que nous, vos sujets, dormons paisiblement dans une assurance tranquille. – M

Vous êtes notre soutien, votre grâce. – N

Vous avez du pain sur la planche, votre grâce. – E

Penchez fermement avec moi du côté de la gentillesse et de la lumière, et ensemble nous pourrons tout faire basculer.

C'est un noble et excellent défi, madame, et je l'accepte. Vous êtes aujourd'hui une étoile lumineuse dans notre monde obscur. – E

Duchess, vous êtes un modèle de civilité dans un monde incivil. Nous vous en remercions! – ME

Merci pour vos aimables paroles, mes chéris.
Je suis heureuse de vous voir ici.

Merci pour ce rappel opportun, votre grâce. – D

Merci, votre grâce. Nous avons besoin de vous, ce soir. – M

Vous n'avez pas idée combien j'attendais cela, à cet instant précis, votre grâce. Ou peut-être que vous le savez, si. – X

17

Les food trucks n'ont jamais pris à CP. Nous avons des conseils trucks. Ce qui plaît. Cinq minutes avec un Jungien entre midi et deux.

Ma voix, vous serez peut-être surpris de l'apprendre, est un élément que j'ai parfois gardé pour moi. Je compris intuitivement, dans la petite enfance, que ma voix était un don – pas au sens d'un talent, mais d'un don, d'un présent divin, comme pour tout un chacun : la voix est l'entremêlement de l'âme, de l'esprit et du corps, exprimé à travers le souffle, qui est symbole de vie lui-même ; comment une voix humaine ne pourrait-elle pas être sacrée ? Je percevais très clairement que personne ne pouvait en exiger une part. Elle m'appartenait tout entière.

Enfant, je n'ai pas parlé avant d'avoir trois ou quatre ans – une information que personne n'avait jugé utile de partager avec moi avant l'âge adulte, et encore, un peu par hasard – et je n'ai pas parlé en dehors de la maison avant mes neuf ans. Je me souviens d'une professeure âgée, une religieuse debout au-dessus de moi, me criant d'obéir et de répondre quand on me parlait. Parle !

La requête était fondamentalement injuste et je la

rejetai comme telle. J'avais cerné cette femme dès le jour où elle nous fit sur le désespoir une leçon qui m'est restée en mémoire. Le désespoir est un péché impardonnable, affirmait-elle ; cela signifie que vous avez choisi de renoncer à Dieu. Même Dieu ne peut pas pardonner le suicide, nous déclara-t-elle. Il ne pourrait pas le pardonner, même s'il le *voulait*, et il ne le voudrait jamais. Un suicidé n'irait jamais au paradis, jamais.

Je n'avais pas croisé son regard. Je refusai de lui donner cette satisfaction. Je gardai les yeux baissés mais j'entendis chacun de ses mots, et je savais qu'elle se trompait sur toute la ligne. Je savais au plus profond de moi, j'avais toujours su que mon frère finirait par se suicider, je savais que c'était un enfant de Dieu tout autant que les autres, et je savais qu'à sa mort, il serait accueilli au paradis. Si elle avait pu connaître le désespoir d'aussi près, elle aurait vu ce que je voyais : que Dieu comprend la nature d'un cœur brisé. Les gens les plus tristes seront toujours les premiers autorisés à entrer au paradis.

J'étais en CP et je n'avais pas assez de vocabulaire pour l'exprimer, mais la vérité m'apparaissait très clairement. Cette femme ne parlait pas au nom de Dieu. Elle était passée à côté de ce que signifiait l'amour de Dieu. Elle comprenait de travers la nature du divin et, de ce fait, était indigne de confiance. Elle n'avait pas le droit de me dire quoi que ce soit ni d'exiger une part de ma voix. Je me rappelle m'être retirée dans mon esprit afin de me calmer. Je me représentais le centre de mon être comme une barre en acier noir, positionnée à la verticale au centre de mon esprit éternel. Je m'y accrochais à deux mains. Quoi qu'il arrive, je me retranchais toujours au plus profond de moi et tenais bon. Autour, rien n'allait correctement, mais j'allais bien tant que je restais en moi et que je m'accrochais. Je n'ai jamais répété ce qu'elle avait dit à personne ; mon père, en particulier, devait être protégé des propos haineux qu'elle avait tenus sur les personnes suicidaires. À cette époque déjà, le cœur de mon père n'était pas aussi solide que le mien, et je ne les lui ai jamais répétés de son vivant.

Et peu importait ce qu'elle faisait, ce qu'elle disait, les menaces qu'elle proférait, je ne lui adressai jamais la parole, pas une seule fois.

Cette professeure appela mon père pour évoquer mon mutisme volontaire.

« Personne dans cette école n'a jamais entendu parler l'enfant, dit-elle. Nous ne sommes pas convaincus que cette enfant *sache* parler.

— Quelle enfant ? demanda mon père. La mienne ? Elle est peut-être un peu timide avec les inconnus, mais elle est verbalement très douée. Vous avez lu ce qu'elle écrit ? Elle écrit des histoires et des pièces de théâtre. Elle a écrit un roman qu'elle a imprimé elle-même. Elle a cousu la reliure à la main. Elle invente des personnages. Elle chante à longueur de journée. Elle communique sans arrêt. »

Mon père me ramena à la maison plus tard, me souleva et me déposa sur le plan de travail de la cuisine, où il pouvait me regarder droit dans les yeux et revenir sur le sujet.

« Ta professeure semble d'avis que tu ne sais pas parler. »

Je haussai les épaules.

« Je ne suis pas sûre que l'avis de ma professeure me concerne.

— C'est vrai, c'est vrai. Alors, dirais-tu que tu parles à l'école ?

— Non.

— Tu penses te mettre à parler un jour à l'école ?

— Non. »

Il acquiesça.

« Très bien, ma chérie. » Il me souleva à nouveau du plan de travail et me reposa par terre. « Je sais que quand tu seras prête à faire usage de la parole, tu le feras. »

J'ai appris depuis qu'il existe un nom pour ce phénomène, lorsqu'un enfant parvient à parler dans certaines circonstances, et pas d'autres. C'est un trouble anxieux baptisé mutisme sélectif. Je me souviens exactement de ce que j'éprouvais : j'avais beau essayer, je ne pouvais pas parler. Ma bouche refusait de s'ouvrir, aucun son n'en sortait, quoi que je fasse. Impossible de mouvoir mes muscles, j'en étais aussi incapable que de déplacer une chaise dans la pièce par la force de l'esprit. Mon unique option était de me retirer dans la paix profonde du silence. Je ne regardais pas les gens en face. Je conservais un visage lisse et immobile comme une statue. Mais j'écoutais, et dans mon esprit, je prenais des notes.

Cela me rappelle une citation souvent attribuée à Freud : « La vie de toute famille s'organise autour de son membre le plus endommagé. » Il y avait du monde avant moi dans la file d'attente. Dans ma famille, dans ma maison, à l'époque et dans les circonstances qui m'avaient vue grandir, quiconque parvenait à passer neuf ans sans parler en dehors de la famille était un champion, une bénédiction, une épreuve esquivée, et non un problème à résoudre.

Je tire ici un trait en travers de la page, à l'encre invisible, entre la partie de mon histoire qu'il m'est donné de raconter, et celle qui appartient aux autres, aux vivants comme aux morts.

Je pose l'oreille au sol, ici et là. Il le faut, si je veux comprendre comment les morceaux du monde s'emboîtent et s'assemblent.

Duchess :

Ce serait un tel plaisir de te revoir, si tu es libre. Et amène qui tu veux, s'il te plaît. Je serai heureux de te compter parmi mes invités. Merci pour ton soutien sur les réseaux sociaux. Duchess ne cesse de me divertir et de m'étonner.

Amitiés, Lyle

Bonjour, Fripouille —

Je viendrai avec bonheur ! TROP HÂTE ! MERCI, LYLE ! Duchess t'envoie ses meilleurs sentiments —

Quelle bonne nouvelle ! Si tu arrivais un peu plus tôt, qu'on ait le temps de discuter ? Tu as beaucoup d'abonnés qui habitent dans cette ville, c'est une coïncidence, ou bien les gens là-bas ont tout compris ? Transmets mes meilleurs sentiments à Duchess. – Lyle

Chaque fois que je suis allée voir Lyle en concert, il m'a proposé de venir avec un ami. Alors, qui amener ? Avec qui partageriez-vous le plus rare et le plus précieux des cadeaux ? Personne à ma connaissance ne le méritait, et je tentais de lui laisser entendre cette vérité aussi délicatement que possible.

« Personne à ma connaissance ne le mérite », lui répondais-je.

Il éclatait de rire.

J'allai le voir un soir à un concert acoustique où il partageait la scène avec John Hiatt. Je les avais déjà vus chanter ensemble plusieurs fois, des années avant de rencontrer Lyle en personne. Lyle m'affirma qu'il n'y avait rien à craindre de Hiatt concernant Duchess-et-le-secret-à-garder ; Hiatt n'était pas du genre à sociabiliser avec des inconnus après un concert et ne risquait pas de me croiser par inadvertance. Le manager de Lyle me connaissait déjà, et Lyle me présenta à quelques-uns de ses musiciens et au staff qui travaillait en marge du spectacle, mais personne ne moufta. Lyle connaissait des gens à travers le monde entier, après tout. Ils n'étaient pas étonnés de voir quelqu'un passer du temps avec lui en coulisses.

Il n'y avait qu'un seul hic. Un ami de Lyle allait assister au même concert. Comment pourrait-il expliquer le fait que nous nous connaissions sans mentionner Duchess Goldblatt ?

Lyle et moi discutâmes au téléphone avant la soirée pour tenter de mettre au point une stratégie.

Il me donna le nom de son ami mais ajouta : « On va l'appeler Le Génie.

— C'est intimidant.

— Il est super. Tu vas l'apprécier. »

Il entreprit de décrire le travail du Génie qui, dans le montage sonore, consistait à isoler un son unique lors d'une performance télévisée en direct, une voix ou un instrument, et d'utiliser des algorithmes afin de corriger le ton. Je crus comprendre une fraction de l'explication.

« Avec April, on s'est demandé si tu ne pourrais pas te présenter comme une de ses amies d'enfance.

— Réfléchissons bien, répondis-je. On ne peut pas se mettre à mentir pour protéger Duchess. On ne peut pas s'embarquer dans des mensonges dans le seul but de garder ses secrets.

— Tu as trop d'éthique, c'est tout.

— Il faut qu'on se montre fermes avec Duchess, Lyle. Il faut qu'on définisse une limite, sinon elle va nous piétiner.

— Je te laisse t'en charger. C'est ton truc. Je te suivrai, quoi que tu décides de faire.

— Dans ce cas, ne mentons pas pour elle. C'est important à mes yeux de ne pas mentir. Tu sais quoi ? Je vais dire la vérité à ton ami Le Génie. La vérité est toujours bonne à dire. Je lui expliquerai que c'est un secret, et fin de la discussion.

— Bien sûr. Comme tu voudras », dit Lyle.

Je fis donc la connaissance du Génie, et il était absolument adorable, un régal. Nous avons passé un moment ensemble avant le concert, tous les trois.

« J'ai une question pour toi, Lyle, lançai-je. Comment tu perçois les idées à mesure qu'elles se forment dans ton esprit ? Est-ce que tu imagines une feuille de papier où l'histoire est écrite ? »

Il grimaça.

« Comment je perçois les idées ? C'est-à-dire ? Je n'en sais rien. Ce sont juste des idées.

— Moi, je me représente une feuille de papier, en permanence, avec des mots écrits dessus », expliquai-je.

Je posai la même question au Génie.

« Je ne vois pas des mots, mais je comprends ce que tu veux dire. Je vois de la géométrie partout. Je vois des dimensions. Des motifs. Des lignes, des angles, les distances entre les objets dans une pièce. L'intersection entre les lignes. Quand j'écoute de la musique, je la perçois en termes de motifs géométriques.

— Je crois avoir lu quelque part que l'esprit de Beethoven fonctionnait de cette manière, dis-je. Il était capable de visualiser la musique. »

Le regard de Lyle allait et venait entre le Génie et moi.

« Quoi ? fis-je.

— Non, rien », rétorqua-t-il.

Plus tard dans la soirée, alors qu'il était sur la scène du concert acoustique, il se tourna vers John Hiatt. Ils échangeaient toujours quelques mots amicaux entre chaque morceau, pendant leurs spectacles. Lyle marqua une pause, accorda longuement sa guitare, puis lâcha d'un ton impassible :

« John, j'ai une question pour toi. Comment tu vois les idées se former dans ton esprit ? Est-ce que tu imagines une feuille de papier où une histoire est écrite ? » Il leva les mains et les agita en l'air. « Ou alors, est-ce que tu visualises la musique en termes d'équations et de dimensions ? »

Le public éclata de rire à l'incongruité de ses propos, puis Hiatt réfléchit un instant, avant de formuler sa réponse. Mais j'ignore ce qu'il rétorqua, car le Génie et moi riions trop fort pour l'entendre.

« Comment tu as fait la connaissance de Lyle, déjà ? demanda le Génie.

— On est amis », dis-je en pensant : Voilà, tiens ! Des amis ! Ça devrait clore le débat.

« Hm-hm. Des amis. Alors tu connais April.

— Eh bien, non. Pas vraiment. Enfin, si, bien sûr, j'ai entendu *parler* d'April. On ne s'est jamais rencontrées. Elle sait qui je suis. »

Ce que je disais semblait un peu louche, même à mon goût. En règle générale, je ne suis pas contre le déploiement tactique d'un haussement d'épaules glacial pour mettre un terme à une conversation indésirable, mais nous avions été invités par Lyle, tous les deux. Je ne voulais surtout pas qu'un de ses amis me trouve grossière. Il fallait que je tente de m'expliquer.

« Bon, écoute, dis-je. Je ne peux pas t'en parler. C'est un secret. Mais April sait qu'il s'agit d'un secret. Tout va bien.

— Comment ça, un *secret*? Ça n'a rien d'un secret. »

Je n'avais pas envisagé l'éventualité que l'authenticité de mon secret soit remise en cause. Comment discuter avec quelqu'un qui ne vous autorise pas à garder un secret ? Comment réagir face à une personne qui ne respecte pas la frontière sacrée de la confidentialité entre un chanteur et un fan ?

« Tu es amie avec Lyle mais tu ne connais pas April ? insista-t-il. Comment c'est possible ? »

Je fus prise de panique. Comment pouvais-je expliquer que tout ça était on ne peut plus innocent ? J'étais un personnage fictif, rien d'autre ; j'écrivais des textes en ligne en incarnant la voix d'une vieille auteure qui se prenait pour une superstar littéraire. Circulez, l'ami. Y a rien à voir.

Sans trop savoir comment, je bafouillais des ah et des euh, j'esquivais et je louvoyais jusqu'à la fin du concert, quand nous retrouvâmes Lyle une fois encore, et je l'attirai à l'écart pour lui murmurer :

« Mec, je commence à stresser. Ton pote me pose beaucoup de questions. Il ne respecte pas le caractère sacré de notre secret. »

Lyle répondit tout aussi discrètement :

« Eh bien, gère la situation comme tu l'entends. Pour ma part, je ne lâcherai pas le morceau. Raconte-lui ce que tu veux. Ou ne lui dis rien.

— Je ne *peux* rien lui dire. Imagine que les gens se mettent à me poser des questions. Duchess me tuerait. En plus, je sais qu'il s'en fiche un peu, et ce secret a une certaine importance à mes yeux. Il m'est essentiel. »

Lyle acquiesça.

« Je comprends. Je fais confiance à ton jugement. Fais ce qui te semble le mieux. »

Je résolus de ne rien dire, et je pensais m'en tenir à cela, sauf qu'un détail m'avait échappé : Le Génie n'était pas un homme ordinaire. Il était ingénieur. Ce n'était quand même pas de bol ! En général, une fois que l'on a expliqué aux gens qu'il s'agit d'un secret, boum, l'affaire est réglée. Finies les questions. Vous parlez à un architecte, un toiletteur pour chien, un professeur de littérature ou un barman, point final. Rideau. Fin de la discussion. Personne ne vous oblige à rentrer chez vous, mais c'est le moment de circuler.

Avec un ingénieur en revanche… Mon Dieu ! Ces gens-là tiennent à résoudre la moindre énigme qui se présente à eux. Il ne m'a pas lâchée, il a continué à me cuisiner.

Nous étions assis ensemble, tard ce soir-là après le concert, à discuter. J'étais à côté de Lyle, et j'essayais de prendre un selfie de nous deux sans apparaître sur la photo – je ne voulais pas une photo de moi, juste de Lyle ; qu'est-ce que je ferais d'une photo de moi ? Lyle me dit :

« Mais si tu n'es pas dessus, ce n'est pas un selfie ; c'est tout l'intérêt du selfie…

— Et du coup, comment vous vous êtes connus, tous les deux ? » réitéra Le Génie.

Je jetai un regard en coin à Lyle. Il demeurait impassible. Les yeux rivés sur Le Génie, sans broncher, et sans piper mot. Il ne tourna la tête ni à droite ni à gauche, il ne céda pas d'un pouce. Fidèle à sa parole, il me laissa les rênes. Alors ça, les gars, c'est un vrai ami.

« Bon, très bien, je vais te le dire, lâchai-je. Mais tu n'as pas le droit de le répéter. » Je pris une profonde inspiration. « J'ai un compte sur les réseaux sociaux. J'écris sous pseudonyme. Et Lyle aime lire ce que j'écris.

— Ah, je vois », répondit Le Génie.

Et voilà : fin de l'histoire. Une fois le secret révélé, il perdit tout intérêt. Nous parlâmes d'autre chose, mais au fond de moi, je savais que Duchess n'était pas contente. Une fois encore, j'avais offert à quelqu'un un élément qui m'était précieux, et ce quelqu'un s'en fichait éperdument.

> Déployez-vous à 45° au niveau de la taille, voyez s'il existe une version de vous, plus petite, à l'intérieur. C'est peut-être la vraie.

Plus tard, aux alentours de minuit, nous étions encore à bavarder quand je me rendis compte qu'il était temps de lever le camp. J'avais quelques heures de route devant moi. Je m'apprêtais à retourner à ma voiture quand je réalisai, non sans une légère panique, que je n'avais plus aucune idée d'où je l'avais garée.

J'étais tellement pressée d'arriver au concert, que je m'étais garée quelques rues plus loin, en me disant que je n'aurais aucun mal à la retrouver plus tard. C'était une petite ville. Je n'avais pas beaucoup marché, sans doute un ou deux pâtés de maison dans une direction, puis j'avais tourné à un angle de rue et j'avais encore marché un peu jusqu'à la salle de concert. Je ne devais pas être si loin que ça…

L'essentiel, désormais, c'était de ne pas laisser paraître que j'avais oublié où était ma voiture. Les gens normaux ne perdent pas leurs possessions les plus importantes comme leur voiture, leur maison, leur famille, leur mari ou leurs amis.

De plus, Lyle semblait me croire intelligente. Je détestais la perspective d'écorner cette idée.

Je me levai et saluai Le Génie, Lyle, son manager et son garde du corps. Ce n'était peut-être pas un garde du corps. J'ai du mal à me rappeler qui était ce type. Je crois qu'il y avait un quatrième homme présent mais n'en suis plus certaine, pour être honnête. Ils n'étaient peut-être que trois. N'est pas Robert Caro qui veut !

« Bon, adios », dis-je en me levant d'un bond avant de me diriger vers la porte. Encore deux pas et j'étais dehors, pensai-je, libre de rentrer chez moi.

« On te raccompagne à ta voiture, déclara Lyle en se levant à son tour.

— Non, non, non, pas besoin. Je suis garée tout près. Ne vous inquiétez pas pour moi. Bonne nuit !

— On te raccompagne à ta voiture, insista Lyle.

— Non, ne t'embête pas, s'il te plaît. C'est totalement inutile.

— On vient du Texas, dit Lyle en me tenant la porte ouverte. On est le genre de mecs à te raccompagner à ta voiture. »

Merde…

« Le truc, c'est que… » Je poussai un soupir. « Je ne sais plus exactement où je l'ai garée. Je vais me balader un peu jusqu'à ce que je la retrouve.

— D'accord, dit Lyle. On vient avec toi. »

Nous arpentâmes un pâté de maisons dans un sens, puis un deuxième dans un autre sens. Deux rues par ici, une autre par-là, et retour sur nos pas. Rien ne me paraissait familier. C'était une ville relativement petite, elle abritait une université et peut-être aussi un bon café. Je n'avais pas marché très longtemps. Était-ce si difficile que cela, de retrouver une voiture ?

Nous la retrouvâmes enfin dans une petite rue obscure, un peu après minuit, et nous nous dîmes au revoir. À cet instant précis, un étudiant jovial, qui célébrait sa jeunesse et la tiédeur d'une belle soirée de mai avec l'aide généreuse de quelques spiritueux, franchit une porte ouverte et vint rouler au bas d'une volée de marches pour finir sa course sur le trottoir devant nous. Il s'affala devant Lyle et resta un instant bouche bée, muet, à mesure que ses yeux vitreux et injectés de sang enregistraient la scène : il intégra chaque détail, depuis les bottes de cow-boy sur mesure en passant par le magnifique costume bien taillé, la pochette, la cravate, le célèbre sourire – englobant cet homme reconnaissable entre mille, à n'importe quel coin de rue du monde, j'imagine, même pour un gamin d'université ivre qui viendrait de tomber dans l'escalier.

« Putain de merde, lâcha le gars en levant les yeux du trottoir où il s'était étalé.

— Comment ça va ? fit Lyle en tendant la main pour l'aider à se relever.

— Je vous connais ! s'exclama le jeune homme, titubant dans la lumière des lampadaires. Bon Dieu ! »

Ça va te faire une sacrée histoire à raconter demain, si tu t'en souviens, pensai-je tandis que le jeune remontait les marches d'un pas mal assuré.

Évidemment, je la raconterai bien mieux.

18

> Le soir du réveillon, infusez l'année à venir
> dans une théière avec du laurier. Les mois qui ne
> s'épanouissent pas sont mauvais. Jetez-les.

J'étais toute petite quand j'ai compris que j'avais une vocation dans la vie. Personne ne me l'a dit, mais de cette manière qu'ont les enfants de percevoir la vérité des éléments autour d'eux sans être encore capables d'en formuler les raisons, je le voyais très distinctement : le cœur de mon père se brisait, et mon devoir était de lui remonter le moral. Et j'y arrivais, tant bien que mal, en le faisant rire. Quand je sus que c'était dans mes moyens, je m'en fis un devoir.

Je voulais déclencher chez lui un rire profond, de ceux qui naissent du ventre. Ç'a toujours été mon objectif. À une ou deux reprises, je suis parvenue à le faire pleurer de rire. Dans mon esprit, dans mon cœur, je l'entends encore rire. C'était ma réussite, l'œuvre de ma vie, et je le savais à cinq ans, à sept ans, à dix ans. Je ne parlais pas en public mais j'observais tout et je prenais des notes mentales ; en rentrant à pied de l'école, je décomposais les événements de la journée, je les tournais et les retournais pour y trouver quelques fils prometteurs qui me permettraient de tisser une histoire. Les idées amusantes sont omniprésentes, si vous êtes vigilants et toujours sur le qui-vive, comme je me devais de l'être. L'école et les camarades de classe étaient des distractions éphémères et hors sujet qui me détournaient de mon travail principal, celui qui occupait mon cerveau. Je développais mes histoires en marchant chaque après-midi, de retour de l'école, tel un Wallace Stevens en herbe pendant sa pause déjeuner.

Je trouvai le registre adapté à mon public cible. Mon père aimait l'humour bon enfant, l'humour gentil qui ne blessait personne ; un jeu de mots intelligent ou une chute surprenante, une conclusion inattendue. Comme tant d'amoureux de l'écrit, il se délectait des traits d'esprit, et il appréciait l'insolence mesurée ; il en comprenait le pouvoir. De lui, j'appris l'art de bien placer mes blagues, l'effet d'un bon mot déployé au bon moment.

Je n'ai jamais voulu être le clown de la classe, ni gâcher mon talent avec les enfants de l'école. Je n'avais rien à faire des enfants de l'école. Je ne les remarquais même pas. C'était lui, mon public. C'était lui, mon cœur tout entier. Il n'y avait pas pour moi d'enjeu plus important, et son opinion était la seule qui m'importait.

> Les plateformes métaphoriques de CP suivent l'Eurocode, les réglementations écologiques de Chicago et *The Elements of Style* de Strunk&White.

J'eus une autre occasion de rencontrer un ami de Lyle, et ce fut plus simple cette fois, du moins dans le sens où Lyle me prévint qu'il ne poserait pas de questions. Il s'agissait du chanteur-compositeur Robert Earl Keen.

Je connaissais Robert Earl Keen depuis des années,

depuis que j'avais entendu son nom dans la chanson « Record Lady » (« *Robert Earl is a friend of mine/You know he's always looking after my best interests* »), alors je connaissais sa musique et j'étais ravie de le voir en concert, mais cela m'intéressait encore plus de les voir ensemble, lui et Lyle. Si vous êtes un adepte de l'art de l'oreille qui traîne, comme je crois l'être, vous n'appréciez rien de plus que d'écouter deux vieux amis discuter et se raconter des anecdotes.

Avec Lyle, nous nous vîmes avant et après le concert, et nous étions dehors sur le trottoir quand un couple sortit de la salle et nous croisa. Ils s'arrêtèrent et dévisagèrent Lyle un moment avant d'approcher d'un pas prudent pour lui demander une photo. Il posa avec eux, leur demanda leurs noms, échangea une poignée de main et les remercia d'être venus à son concert.

« J'en tremble, m'affirma l'homme, avant de s'éloigner avec sa partenaire. J'ai les mains qui tremblent. Je n'arrive pas à y croire. Ça fait si longtemps que je suis fan. Je n'aurais jamais, jamais imaginé pouvoir le rencontrer un jour.

— Pareil pour moi », répondis-je, ressentant son excitation, et nous éclatâmes de rire, enveloppés d'une joie spontanée.

Je voyais exactement ce qu'il voulait dire.

> J'ai une coupe d'argent remplie de mails dans l'entrée. Quiconque s'arrête chez moi à l'improviste repart avec un sachet pour la route.

La plupart du temps, je n'emmenais personne avec moi aux concerts de Lyle, mais je fis une exception. Il prévoyait un spectacle près de chez moi, April serait du voyage, et il projetait de jouer avec son Large Band et une chorale gospel de la région. Un autre musicien connu devait faire sa première partie.

Je songeai que c'était l'occasion idéale de laisser Jackie m'accompagner, et j'annonçai à Lyle qu'elle se joindrait à moi.

Il me téléphona quelques jours avant.

« April et moi, il faut qu'on sache quoi dire à Jackie, commença-t-il. Est-ce qu'on peut faire allusion à Duchess ? Elle est au courant, pour Duchess ?

— Oh, oui. Elle sait tout de Duchess, mais elle s'en fiche. Elle trouve qu'elle a suffisamment à faire avec moi. Elle n'en demande pas davantage. C'est de la folie, mais elle ne prend même pas la peine de lire Duchess. »

Il est vrai que l'amour de ma chère amie Jackie, que j'ai quasiment élevée, n'est pas sans réserve, elle m'adore à petites doses. Mais elle avait beau se contrefiche de mon alter ego, elle était folle de joie à l'idée de rencontrer Lyle et April. Qui pourrait lui en vouloir ?

Je la préparai à cette expérience unique aussi gentiment que possible.

« Ne t'avise pas de te mettre en travers de mon chemin ou je te bute », lui dis-je.

Elle acquiesça. « Ça me semble plutôt clair. »

Nous attendions au fond de la salle de concert que Lyle et April arrivent, et un certain nombre de gens s'affairaient alentour : des employés de la salle, des techniciens, des vigiles. La chorale gospel s'était réunie dans une vaste pièce attenante et répétait, portes ouvertes. Nous avions vue par les immenses baies vitrées, à l'arrière du bâtiment, sur le parking où les bus de la tournée viendraient se garer. Lyle m'avait envoyé un SMS pour me signaler qu'ils étaient à un quart d'heure de route, si bien que Jackie et moi patientions là lorsque les portes s'ouvrirent et qu'un petit chien beige et noir entra d'un pas sautillant. Je m'y connais mal en races de chiens mais je lui trouvais les yeux intelligents et la fourrure ébouriffée d'un terrier. Le chien était peut-être accompagné ; je ne sais plus. Je n'avais d'yeux que pour lui, et il se faufila jusqu'à moi pour me saluer.

« Salut, mon petit chéri », lui lançai-je en tapant des mains pour l'encourager à approcher.

Une femme, sans doute la propriétaire du chien ou une amie de son propriétaire, vint le récupérer.

« Mais regarde-moi ce gentil petit bonhomme ! » dis-je à Jackie.

Jackie ne répondit rien mais elle glissa la main derrière moi et enfonça subrepticement les ongles dans mes reins.

« Arrête ça ! m'écriai-je en repoussant sa main d'un geste brusque. Regarde sa petite tête ! Salut, mon trésor ! dis-je au chien. Il est tellement adorable, c'en est presque insupportable », affirmai-je à la femme.

Elle était d'une beauté saisissante, ses cheveux blancs et argentés tirés en arrière lui dégageaient le visage. Elle me sourit et me salua avant de rappeler son chien.

Jackie se pencha à mon oreille tandis que la femme s'éloignait.

« T'es conne ou quoi. C'était Emmylou Harris, sifflat-elle.

— Tu sais bien que je ne suis pas très physionomiste.

— Comment tu fais pour ne pas reconnaître Emmylou Harris en coulisses avant un concert d'Emmylou Harris ?! »

Je vous l'ai dit : je ne suis pas toujours attentive à

100 %. Il est possible que j'aie loupé une chose ou deux, au fil de ma vie.

Il est temps d'examiner nos attentes à la lumière de nos comportements. Mon verre de vin ne se remplira pas tout seul, les amis.

« Qu'est-ce qu'on mange ce soir ? demanda mon fils.

— Attends, chéri. Accorde-moi deux secondes.

— Qu'est-ce que tu fais ? demanda-t-il en jetant un coup d'œil par-dessus mon épaule. Tu joues toujours à être Duchette Globale sur Vine ? »

Je poussai un soupir.

« Ce n'est pas Duchette Globale sur Vine. C'est Duchess Goldblatt sur Twitter. Et oui. Les bonnes gens de ce monde ont besoin de ma clairvoyance et de mes conseils. »

Il secoua la tête, cette vieille âme si sage.

« Jouer le rôle de Duchess Goldblatt, ça ne t'aidera pas à t'améliorer aux jeux vidéo, Maman.

— C'est vrai à 100 %. Et pourtant, je m'éclate tellement à le faire que je refuse catégoriquement d'arrêter. »

Balade aux grands lacs à bord de ma Mercedes S550 en bois. Consommation d'essence idéale, quoi qu'en dise la *Revue des consommateurs.*

« Alors, qu'est-ce que tu vas faire de Duchess ? me demanda un jour Lyle au téléphone.

— Un livre, je pense. Je travaille à un livre. Je le vois, dans ma tête, il prend forme en fragments. J'ai un tas de morceaux épars que je devrais pouvoir assembler en un nouveau motif. Comme une mosaïque.

— Un livre, bien sûr. Mais je vois plus grand. Le

monde a besoin d'entendre cette histoire, la façon dont tu utilises tes talents comme une force au service du bien. Cet amour universel que tu encourages. L'acceptation universelle que tu offres aux autres, cette communauté que tu crées. Raison pour laquelle les gens vont à l'église : pour prier ensemble au sein d'une communauté. Sinon, autant rester chez soi et prier seul. Tu es comme Jésus, d'une certaine manière », ajouta-t-il avec un rire.

Je savais qu'il me charriait. Lyle est un croyant pratiquant qui chante dans la chorale de son église. Mais tout de même.

« Plutôt mourir que de te demander de changer le moindre cheveu sur ta tête, mais arrête de me dire que je suis Jésus, déclarai-je. Tout à fait entre nous, je trouve ça un poil lourd à porter.

— Je ne veux pas te plomber. J'essaie de t'encourager.

— Et tu le fais, c'est sûr. Personne ne m'a jamais autant encouragée que toi.

— Je vais appeler mon attachée de presse. Je pense que tu devrais passer au *CBS Sunday Morning*. April et moi, on adore cette émission. On essaie de ne pas la rater. Pas que pour parler de toi, mais aussi des personnes que tu as réussi à fédérer. Toute cette histoire-là. Les gens ont besoin d'entendre l'histoire de Duchess.

— Non, non, non, répondis-je, prise de panique. N'appelle personne. Ne parle de rien à personne.

— D'accord. Dès que tu seras prête. Je t'ai déjà parlé de mon ami… » Il mentionna un nom que je n'avais encore jamais entendu.

« Non. Comment tu dis qu'il s'appelle ? »

Il le répéta.

« Il a fait un film sur Robert Rauschenberg que tu as peut-être vu, et il a dirigé le musée Guggenheim.

— Non, ça ne me dit rien. Je pense que je me serais souvenu de ce nom-là. »

Lyle continua à me parler de son ami, qui avait une sacrée carrière mais qui était aussi amateur de motos et avait organisé une exposition sur l'art de la moto (je crois que c'est qu'il a dit) au Guggenheim, et Lyle – comme vous le savez si vous êtes fan, ce dont je ne doute pas – est lui aussi féru de moto, c'est peut-être ce qui les a rapprochés, mais je ne m'en souviens pas car je pensais au prénom de l'ami en question, je me demandais si je l'avais bien entendu, j'avais l'impression qu'il s'agissait d'un prénom irlandais, ce qui aurait été logique puisque le nom de famille était irlandais, lui aussi. Et ça me fit penser à ma regrettée grand-mère, qui marquait une préférence esthétique pour les prénoms assortis aux noms de famille : nom allemand, prénom allemand ; nom irlandais, prénom irlandais, et ainsi de suite. Je faisais du baby-sitting pour une fille dont le nom, du genre Maeve Agostinelli, me plaisait beaucoup, mais résonnait comme un crissement d'ongle sur un tableau noir aux oreilles de ma pauvre grand-mère, qui aimait que tout soit assorti. Pas moi. J'adhère à un point de vue plus dickensien. « Il y a sur la terre des ombres obscures, écrivait Dickens, mais les lumières n'en sont que plus vives par contraste [1]. »

« Comment tu écris son nom ? interrompis-je Lyle.

— U-L-T-A-N.

— Irlandais. C'est bien ce qu'il me semblait. D'accord. Continue.

— Il n'est pas sur les réseaux sociaux, mais je lui ai

---

1. *Papiers posthumes du Pickwick Club*, traduction de Sylvère Monod, Gallimard, « Quarto », 2019.

conseillé de s'y mettre juste pour connaître ce personnage, Duchess Goldblatt.

— Hm-hm.

— Et là, il me répond, "Ah, oui, j'ai entendu parler de Duchess Goldblatt".

— Comment c'est possible ? Il était juste poli, rien d'autre.

— Non, non. Il est très au courant. Il a beaucoup de contacts dans le monde artistique, répondit Lyle.

— Je n'en doute pas une seconde. Je suis sûre qu'il a plein de contacts, mais pas moi.

— Les gens connaissent Duchess. Tu as une portée incroyable.

— Non ! J'ai des critiques littéraires qui la suivent mais je ne peux pas imaginer qu'ils discutent d'elle entre eux. Qui a pu lui parler de Duchess, à part toi ? C'est le truc le plus fou que j'aie jamais entendu.

— Écris ton livre, dit Lyle. Si tu ne l'écris pas, c'est moi qui m'en chargerai.

— Très bien. Vas-y. Je vais faire la sieste pendant ce temps-là. Et peut-être aller au ciné.

— Écris ton livre toi-même.

— Alors il faudra que tu sois le premier à le lire.

— Ce sera un honneur, dès que tu seras prête à le partager », répondit Lyle.

« Comment va Lyle ? demanda un ami de Duchess, Benjamin Dreyer, par message privé.

— Il va bien. Je lui ai demandé d'arrêter de me dire que je suis Jésus.

— Ce qui semble raisonnable. »

Le besoin de s'entendre murmurer un mot d'encouragement goldblattien est universel. De belles choses se préparent, les amis. Je le sens.

Il m'en faut un, s'il vous plaît! – KL

Soleil de ma vie, tu es capable de faire tout ce qui t'est nécessaire, et je suis convaincue que tu y arriveras. Tout ira bien, ma chérie.

Merci, DG, pour ça et pour tout le reste. – KL

« Signe ici et ici, dis-je à Jackie en lui glissant un document sur la table de la salle à manger.

— C'est quoi ? demanda mon fils.

— C'est un contrat de confidentialité. Jackie s'engage à ne jamais révéler à personne que je suis Duchess Goldblatt.

— Est-ce que je devrais en signer un, moi aussi ?

— Ce n'est pas nécessaire, mon chéri. Les mineurs ne peuvent pas signer de contrats en leur nom.

— J'aimerais bien participer, rétorqua-t-il.

— D'accord, tu peux en signer un, toi aussi. »

Il me prit le document avec prudence, à deux mains, puis réfléchit avant de signer.

« Et si ma maîtresse menace de me coller si je lui dis pas qui est Duchess Goldblatt ?

— Ce serait déraisonnable et injuste.

— Mais si elle le faisait quand même ?

— On se défendrait. On irait jusqu'au rectorat, s'il le fallait. »

Il sourit. « Je blaguais. Je sais qu'elle me le demandera pas. En plus, je le dirai jamais à personne. Jamais. Je garde ton secret en sécurité. »

Il y avait eu une journée portes ouvertes à son école

quelques mois plus tôt. Je suivais le mouvement d'un troupeau de parents et d'enfants quand une femme devant moi m'entendit prononcer le nom de mon fils. Elle fit volte-face et me toucha le bras.

« Vous êtes sa mère ? demanda-t-elle. J'espérais pouvoir vous rencontrer. Je suis sa professeure de maths. »

Je lui serrai la main, un peu méfiante. C'était le genre de phrase d'introduction qui pouvait aller dans les deux sens étant donné la nouvelle mode des évaluations standardisées, dont l'efficacité a sérieusement été remise en cause par la recherche, et puis ces nouveaux paliers, qui sont à mon avis des…

« C'est un être humain magnifique, lâcha la prof, les yeux brillants. Une âme tout simplement magnifique. Je suis si heureuse d'avoir eu l'occasion de vous le dire. »

À nouveau ces sonorités qui transmettaient de soudaines exactitudes. Je fus certaine que tout irait bien pour lui car, à cet instant précis, je pus le lire, gravé dans mes os.

Et enfin, grâce à cela, je fus en mesure de respirer.

Je ne vous ai jamais décrit l'apparence d'Hacienda
et pourtant, je pense que vous la connaissez déjà.

19

> Economisez sur les frais de réception en n'ayant qu'un seul ami, idéalement un personnage fictif qui préfère le confort de sa maison.

Par petits morceaux et fragments, ici et là, Duchess se mit à correspondre par messages privés avec PJ de Galveston, celle qui aimait transporter avec elle un portrait plastifié de Duchess et prendre des selfies avec. Ça allait même plus loin : PJ avait fait fabriquer des mugs ornés de l'image de Duchess et les envoyait à travers le pays aux amis de Duchess. Elle avait fait imprimer des T-shirts, des marque-pages et des chaussettes de Noël à l'effigie de Duchess Goldblatt. Elle publiait chaque matin une photo de son mug de café Duchess, parfois deux mugs de café Duchess. Un jour, PJ décida d'assister à un concert de Lyle Lovett et de Robert Earl Keen, où elle eut l'occasion de les rencontrer à la fin du spectacle, et offrit à chacun, évidemment, son propre mug Duchess Goldblatt.

Je ne me souviens pas exactement comment nous avons entamé notre correspondance. À quel moment une amitié naît-elle ? Quand devient-elle une forme d'existence viable ?

PJ, une vodka soda on the rocks avec une goutte de jus de cranberries et je renais. J'en ai bu deux mais j'en aurais voulu cinq. Il faisait tellement chaud, c'était exactement ce qu'il me fallait. — DG

Rafraîchissant ! Hydratant ! J'admire votre capacité à n'en boire que deux. — PJ

Et maintenant, j'ai même l'impression que me couper les cheveux moi-même serait une bonne idée. — DG

Lâchez tout de suite ces ciseaux. — PJ

Mais ce n'est sûrement pas aussi difficile que ça, si ? — DG

Si. Si si si. C'est difficile. — PJ

Bon, voilà. Écoutez-moi bien. Je vais me faire une queue-de-cheval assez basse et la couper. — DG

Non. — PJ

Lucy et Ethel auraient pu être heureuses. Ethel aurait pu gérer leur immeuble; Lucy aurait pu être chef d'orchestre. La belle vie, quoi.

Une nuit d'été, Lyle avait prévu un concert dans le comté de Westchester, dans l'État de New York, et deux amis de Duchess lui signalèrent séparément par message privé qu'ils prévoyaient d'y assister, aussi informai-je Lyle de leur venue.

Il m'appela une semaine avant et m'expliqua qu'il

avait demandé un devis pour projeter un portrait géant de Duchess sur la scène avant le concert.

« Oh, mon Dieu, m'écriai-je. C'est pas vrai.

— Si. Mais la salle de concert appartient à un syndicat. Tous les employés sont syndiqués, et engager un projectionniste pour afficher le portrait de Duchess sur scène coûterait quatre mille dollars. Je me suis dit, La vache, j'adore Duchess mais quatre mille dollars, quand même !

— Duchess me rétorque qu'elle ne peut pas envisager meilleure utilisation de quatre mille dollars, Lyle.

— J'ai dit à April qu'on devrait te faire venir au concert. Allez. On te met dans un avion.

— Je ne mettrai pas les pieds dans un avion. J'ai peur de l'avion.

— Alors on t'envoie une voiture. Je voudrais que tu te voies sur scène devant tes fans. Ce sont des gens très gentils. Je te promets qu'ils te plairont.

— Je n'en doute pas. Je suis sûre qu'ils sont incroyables, dis-je. Mais je ne peux pas les rencontrer. Ce serait la fin de Duchess. »

Ils finiront par me laisser tomber : je voyais cette idée se faufiler en moi et je la chassai d'un coup de pied au fond de mon cerveau, mais je savais qu'elle était encore là. Elle reviendrait en douce plus tard, sans doute après la tombée de la nuit.

« Bon, tu les rencontreras un jour, quand tu seras prête, dit Lyle. Et ce sera super. »

> Vous pouvez décongeler vos sentiments, mais
> comptez 30 minutes par livre au frigo.
> Ne les laissez pas dans l'évier. Ils se gâteraient.

« Comment tu trouves le temps de faire tout ça ? me demanda un jour ma cousine Annie en parcourant les conversations de Duchess sur mon téléphone. Les échanges sont si rapides. Je n'arrive même pas à les suivre.

— Je consulte le compte en vitesse quand je suis occupée à autre chose, expliquai-je. Quand je fais la queue au magasin, par exemple, ou que j'attends le début d'une réunion, ce genre de choses. Je prends deux minutes pour incarner Duchess, et puis je retourne à ce que je faisais.

— Et ça n'interfère pas dans ton travail ?

— Non. Ça l'améliore, même.

— Je croyais qu'on t'avait fixé des objectifs de folie.

— Je m'y tiens. Je pourrais prendre une semaine de congé chaque mois, ça ne m'empêcherait pas de les dépasser.

— Quand même… Ton boulot est difficile. Comment tu fais ? me demanda Annie.

— Je ne sais pas. Je crois que Duchess me rend plus intelligente, j'ignore comment.

— Sérieux ?

— Ouais. Elle fait de moi une meilleure auteure, c'est certain. Admettons que je bute sur une difficulté au travail, je m'en détourne et je joue quelques minutes le rôle de Duchess. Quand je reviens à ma difficulté avec un regard neuf, j'arrive à la résoudre. Un exemple : Admettons que j'aie beaucoup travaillé et que je sois au bout du rouleau. Duchess pense à des figures fractales et à des galeries commerciales, elle cherche les points communs entre ces deux concepts et comment en faire quelque chose de drôle. C'est un peu comme jouer avec un Rubik's Cube pendant que tu tentes de résoudre une équation.

— C'est quoi, les figures fractales ?

— C'est un objet qui présente la même structure à n'importe quelle échelle, comme une illusion d'optique. Il se répète indéfiniment si bien que tu ne sais plus quelle part de l'objet est à l'intérieur et laquelle est à l'extérieur. Donc elle pense figures fractales-slash-galeries commerciales : ce serait un de ces vieux centres commerciaux de banlieue à l'agonie qui se déploie comme une figure fractale, une boucle qui tourne à l'infini. Alors la ville de Duchess a peut-être prévu la démolition d'un vieux centre commercial, mais comme c'est des fract-halles commerciales, l'équipe de démolition ne sait pas ce qui est dehors et ce qui est dedans. Y a-t-il des gens à l'intérieur ? Impossible à dire. Et comme j'ai un espace limité, je dois faire en sorte que tous mes propos y entrent. On peut enchaîner les phrases mais je considère que c'est de la triche. Ça gâche la chute. Alors je dois tout inclure dans l'espace imparti, à la manière d'un haïku. Je résous ce puzzle, ce qui me prend quelques minutes, puis je reporte mon attention sur le travail, et l'autre partie de mon cerveau, mon cerveau qui travaille, a trouvé comment résoudre mon problème alors même que j'avais le dos tourné.

— Wouah, dit-elle. Mon cerveau ne fonctionne pas comme ça.

— Ne te dévalorise pas, mon chou. Tu es professeur émérite d'une grande école de médecine. Moi, je m'amuse juste à des idioties sur Internet.

— La plupart d'entre nous n'ont pas cette créativité-là, dit Annie. On a besoin que tu la partages avec nous. »

> Démolition des fract-halles commerciales de CP
> aujourd'hui. Tâche délicate. Il n'y a pas de sorties.
> On ignore qui est dedans. Ou dehors.

Duchess :

Puis-je vous poser une question extrêmement personnelle -- sur moi, pas sur vous ? — B

Bien sûr. — DG

Je sais que je ne suis pas une personne horrible ; le problème n'est pas là. Je suis une personne pleine de défauts qui commet parfois des erreurs et qui peut blesser les autres. Qui a déjà blessé les autres. Je crois, Votre Grâce, que je fais une petite crise d'angoisse, et j'ai peur d'avoir outrepassé les limites avec ce message, ou du moins, de ne pas avoir su me taire. — B

Trésor, je suis en train de faire des courses mais je vous réponds. Vous êtes une personne 100 % normale, comme le reste d'entre nous. Aucune inquiétude à avoir. — DG

Vous n'imaginez pas à quel point vous me sauvez la vie avec ce bref commentaire. J'apprécie tellement que vous soyez là pour moi. Et j'aime à vous imaginer dans un magasin avec votre fraise autour du cou. Merci d'être une si bonne amie. — B

Vous savez bien que je n'y arriverais jamais sans vous. — DG

Pareil pour moi. — B

Bonne soirée, très cher. — DG

Bonne soirée, Votre Grâce. x B

20

Ecrire n'est pas difficile. Me frayer un chemin dans vos cœurs l'est. Mais j'adore ça et j'ai acheté un bateau grâce aux heures sup.

Mon fils a le prénom de mon père, et mon père avait le prénom de son oncle, le plus jeune frère de ma grand-mère. À quatorze ans, cette dernière perdit sa mère et devint orpheline, ayant perdu son père deux ans plus tôt. C'était en 1905. Elle avait deux grands frères en âge de voler de leurs propres ailes mais elle était l'aînée des filles, et la tâche de s'occuper des plus jeunes lui revint. Dans notre tradition, une fille est une bénédiction dans une famille ; elle a le devoir de s'assurer du bien-être de tous. Ma grand-mère alla trouver le prêtre de la paroisse et il fit en sorte de placer les plus jeunes dans des orphelinats religieux. Elle-même était trop âgée, à quatorze ans, pour y entrer, aussi commença-t-elle à travailler. Toute sa vie, elle resta dévouée à l'église qui avait sauvé ses frères et sœurs cadets, qui les avait maintenus assez près d'elle pour qu'elle puisse leur rendre visite. Conserver l'unité familiale était essentiel. Le plus jeune frère, qui n'avait aucun souvenir de ses parents, passa dix ans dans l'orphelinat de garçons avant que ma grand-mère accède à un emploi assez stable pour le tirer de là. Lui avait une autre vision des choses. Des années après sa mort, son fils me raconta qu'il parlait souvent avec amertume, en privé, de ses années au « foyer », même si je doute qu'il s'en soit jamais ouvert à ma grand-mère. Elle avait considéré les orphelinats du diocèse comme un don du ciel pour sa famille, et puis elle n'avait pas le choix. C'était ça ou mourir de faim. Les choix sont un luxe. Nous l'oublions parfois, pas vrai ? Tout le monde n'a pas la chance d'avoir le choix.

> Si vous avez de l'instruction, de l'esprit et du temps libre pour vos centres d'intérêt, vous êtes mieux lotis que 99 % des gens sur terre.

Le fait d'avoir créé Duchess comme un personnage fictif qui s'adressait à n'importe qui signifiait qu'elle devait effectivement parler à tout le monde. Elle répondait à chaque commentaire d'internaute, et j'avais instauré quelques règles : je m'obligeais à faire en sorte que chaque réponse soit une surprise irréfutable. Par *irréfutable*, j'entends qu'aucune autre réponse n'aurait été à la hauteur, et par *surprise*, que les gens seraient forcément curieux de connaître la suite. J'essayais de glisser des surprises à chaque coin de phrase.

Moins une règle qu'une habitude, Duchess employait des surnoms pour s'adresser aux gens : fripouille, fripouillette, mon chat, chaton, amour de ma vie, ma puce, mon lapin. Elle tient ça de moi. C'est pratique, quand je rencontre des gens et que j'engage la conversation avant d'avoir réussi à retenir leurs noms. Je ne sais pas pour vous, mais je prétends qu'il n'existe en réalité que cinq ou six noms différents à travers le monde. Une poignée de consonnes et de voyelles, et hop !, on a tous les noms. Je ne peux quand même pas me souvenir de chaque combinaison de consonnes et de voyelles associée à une unique âme éternelle et fondamentalement divine.

J'ai remarqué il y a quelques années que si vous donnez des surnoms à tout le monde, personne ne s'offusque quand vous ne l'appelez pas par son propre nom.

Vous voulez savoir si ça vaut aussi pour les éminents interlocuteurs que je rencontre dans des réunions de travail ? Est-ce que je les appelle aussi fripouille ou chouchou ? J'aimerais pouvoir vous dire que non.

(« Je crois que je suis en train de développer une sorte de non-reconnaissance faciale, déclarai-je un jour à Chuck.

— Tu ne développes pas de non-reconnaissance faciale. Tu ne fais pas attention, c'est tout », rétorqua-t-il.)

Je vais vous l'avouer en secret, et rien qu'une fois : il n'avait peut-être pas entièrement tort.

> J'ai 12 minutes. Demandez-moi n'importe quoi. Non, je retire - avec vous on ne sait jamais. Restez à la frontière de la convenance.

Qu'est-ce que vous aimez vous préparer quand vous êtes seule? – JRL

> Du café. J'y pense avec impatience des heures à l'avance, et je lui fredonne une petite chanson d'amour lorsque nous sommes enfin réunis.

Quelle période de votre mariage avez-vous trouvé la plus heureuse, Votre Grâce? Avant, pendant, ou après les funérailles? – K

> J'ai adoré être mariée.

J'espère que j'aimerai aussi. – K

C'est certain, mon cœur.

Comment va Hacienda, ces derniers temps? – D

Tendre Hacienda! C'est gentil de demander. Elle s'épanouit. Elle vient d'obtenir le 1er rôle dans la représentation carcérale d'OLIVER!

Votre meilleur conseil pour affronter les difficultés de la vie? – E

Hmm. J'adore donner des conseils pour affronter les difficultés. Voudriez-vous être plus précis?

Comment faire face aux déceptions et au poids écrasant de ce monde brisé? – E

Le monde est brisé, mais pas vous. Les choses vont peut-être mal, mais vous allez bien, et vous irez bien à l'avenir. Je vous le promets.

Merci, Votre Grâce. Vous êtes une âme incroyablement prévenante, même si vous êtes fictive. – E

Mon amour, lui, est réel. Je l'ai fait tester.

Votre amour est forcément réel, car il a fait couler des larmes bien réelles à l'instant, sur mon bureau au travail. Merci, merci, merci. – E

A quoi ressemblez-vous? – LP

A la main de Dieu, qui œuvre sans relâche dans ce monde.

Merde, j'arrive après les 12 minutes mais si vous le permettez… Comment avez-vous rencontré Lyle Lovett et April Kimble? – LE

Les anges et les saints ont remué ciel et terre, et voilà.

Admettre sa culpabilité suffit-il à entamer sa rédemption? – O

C'est un début, si cela inclut un aveu de contrition: je reconnais et je regrette pleinement les souffrances que j'ai causées.

Merci, votre grâce. – O

Qu'est-ce qui occupe votre temps à l'heure dorée du jour? – S

Mon travail m'occupe l'esprit en quasi-permanence.

Que feriez-vous si vous vous réveilliez un jour, et que vous étiez réelle, et nous fictifs? Que feriez-vous alors? – R

Chaque jour de ma vie, je suis réelle et vous êtes fictifs. Vous n'existez que dans mon esprit. N'est-ce pas le propre même de la fiction?

21

Et si chaque camion sur la route était rempli d'anguilles ? Aucun moyen de le savoir. Mais ça expliquerait qu'on n'en voie jamais en liberté.

Un jour, Duchess écrivit que les portes de Crooked Path étaient gardées par de minuscules barmans ailés. Je crois qu'elle avait parlé de barmans ; je ne me souviens pas exactement.

Lyle était en ligne et il m'envoya un SMS pour me dire que Duchess était particulièrement en forme ce jour-là, et je lui répondis en lui confiant qu'elle s'était retenue de dire que les portes de Crooked Path étaient gardées par de minuscules lesbiennes ailées originaires de Galveston. (J'avais bridé Duchess, par peur de ses excès, et que quelqu'un se vexe de ses propos absurdes. Je ne voulais pas qu'on pense que je me moquais des lesbiennes. Pourquoi des lesbiennes ailées originaires de Galveston seraient-elles chargées de garder les portes d'une petite ville de l'État de New York ? Je n'en sais rien. Je ne lui pose pas de questions.)

Il m'appela dès qu'il lut mon SMS – *minuscules lesbiennes ailées originaires de Galveston* –, et quand je vis son nom s'inscrire sur l'écran de mon portable, je décrochai et ne pus même pas dire bonjour parce que je me mis à rire et je riais tellement qu'il s'y mit lui aussi et cela dura un moment.

> Je songe à créer une petite boutique sur Etsy qui vendrait de jolis lots d'amis imaginaires en coffrets.

J'ai des amies lesbiennes, aujourd'hui. Ça n'a pas toujours été le cas. Toute ma vie, j'ai plutôt attiré des amis masculins, gays ou hétéros ; les hommes m'ont toujours appréciée. Je suis à l'aise avec eux. (Je sais, je sais, on en revient toujours à notre cellule familiale.) J'ai essayé, au fil des ans, de me trouver des amies, des modèles, des héroïnes au féminin, et quand j'étais plus jeune, oui : j'ai essayé de me trouver des mères.

Mais pour une raison qui m'échappe, je n'intéressais pas les lesbiennes. J'ai demandé à Lorraine, ma chère amie qui pendant sa jeunesse avait été une lesbienne séparatiste radicale, si elle savait pourquoi.

« Ma théorie, c'est que les lesbiennes sont repoussées par ma puissante énergie hétéro, lui dis-je. Je me demande si elles ne la trouvent pas trop écrasante. Ma sexualité à l'état brut. Qu'est-ce que tu en penses ? »

Lorraine sourit une seconde avant d'éclater de rire et de secouer la tête avec gentillesse. Elle me tapota le bras en gloussant.

« Ouais, non, dit-elle. Non, tu n'y es pas. »

Donc j'ignore toujours pourquoi les lesbiennes ne m'ont jamais appréciée dans la vraie vie, ni pourquoi tout le monde aime Duchess, et qu'elle a un groupe d'abonnées lesbiennes assez conséquent. Pourquoi, alors qu'elle est moi ? Si les gens qui aiment Duchess me rencontraient dans la vraie vie, me reconnaîtraient-ils ?

On me demande souvent comment un être fictif créé à base de justice et de sucre peut survivre aux coupures de papier. Simple. C'est magique.

Duchess :

J'aimerais tellement que tu viennes à un de mes concerts où seraient présents les abonnés de Duchess. Je sais que je t'en ai déjà parlé, mais je ne peux pas m'ôter de la tête cette image de toi au milieu d'eux, comme Jésus ressuscité. Je me demande combien d'entre eux la verraient en toi. — Lyle

Ah ! Ils ne me verraient pas. Il n'y a pas une histoire dans la Bible où Jésus apparaît aux disciples sans qu'ils le reconnaissent ? — DG

Si, c'est même l'un des plus grands tubes de Jésus ! Les disciples le reconnaissent vers la fin. Thomas, celui qui doute, est obligé de lui toucher les pieds et les mains. Ça ne m'étonnerait pas que les abonnés de Duchess soient tentés d'en faire autant. — Lyle.

Attends. Tu me donnes une idée. — DG

Au courrier du jour: "On vous reconnaîtrait si vous nous apparaissiez?" J'en doute. A moins de me toucher mains et pieds. Bande de pervers.

Et voilà, Lyle. — DG

Parfait ! — Lyle

22

Hacienda et moi songeons à une rubrique mère-fille. Topos habituels: astuces beauté, stratégies de défense pénale, empoisonnements.

Hacienda, la fille unique de Duchess, purge donc une peine à perpétuité dans une prison mexicaine pour crimes contre l'humanité, sujet sur lequel Duchess reste évasive.

Deux raisons m'ont poussée à mettre Hacienda dans une prison mexicaine et à ne jamais, jamais l'en faire sortir. Peut-être trois raisons.

Hacienda existe car Duchess devait être mère. Il était important qu'elle soit non seulement mère, une mère qui aime prodiguer des conseils maternels, mais une mère séparée de son enfant. Cela lui donnait une profondeur qu'elle n'aurait pas eue autrement. Si elle n'était pas maman, elle ne serait qu'une éternelle fêtarde juchée sur un tabouret de bar à faire des blagues spirituelles, ce qui est très bien en soi, mais Dorothy Parker l'a déjà fait en mieux, et ne sera jamais supplantée.

Hacienda doit rester en coulisses car Duchess refuse qu'on lui vole la vedette. J'ai enfermé Hacienda en prison, où l'on peut parler d'elle et faire allusion à elle sans qu'elle ne constitue une distraction, et les lecteurs habitués comprennent qu'elle fait partie de la famille, sans pour autant qu'elle se montre ni ne s'installe sur le devant de la scène.

Et Duchess doit avoir des blessures à vif. C'est la seule chose qui puisse expliquer cette tristesse qui s'échappe parfois des fissures lorsque j'ai le dos tourné. Les lecteurs entrevoient mes cicatrices même quand j'ai la certitude qu'elles sont invisibles.

La douloureuse absence d'Hacienda résume toutes les pertes qu'a subies Duchess sans jamais les énumérer.

Et puis je trouvais amusant de jouer sur un concept qui m'intrigue : la mère – parfois le père, mais je le vois plus souvent chez les mères – qui persiste à soutenir un enfant incorrigible. Vous avez sûrement connu une mère comme Duchess, un jour ou l'autre. On les voit partout : au marché, dans la Bible, dans la mythologie grecque. Elles ont un rejeton, adulte ou encore enfant, et ce gamin ne possède pas la moindre qualité rédemptrice. Il est malveillant, il affiche un comportement exécrable ; il n'essaie même pas d'être agréable. Il n'est ni charmant, ni drôle, ni gentil, ni intelligent, ni généreux, ni talentueux, il n'est pas curieux du monde qui l'entoure, il est barbant, il est mauvais perdant. Et pourtant, la mère, ou le père, ne cessera de chanter ses louanges.

Duchess est capable de dire dans une même phrase qu'elle est dévouée à Hacienda au point de faire le voyage jusqu'au Mexique rien que pour s'opposer à sa remise en liberté conditionnelle ; qu'Hacienda est sa fille adorée, sa chérie, son aimée, et de nous enjoindre à prier pour qu'elle ne revoie jamais la lumière du jour. Duchess est fière que sa fille ait obtenu la première place dans les Olympiades carcérales du détournement, qu'elle excelle dans les cours de descente en rappel, de forage de tunnels et d'archerie, que dans l'*Hebdo des prisons pour femmes* Frank Rich ait décrit Hacienda Goldblatt comme « le digne successeur de Brian Dennehy » dans la représentation carcérale de la pièce *Le marchand de glace est passé.* J'essaie de dire clairement que ce n'est pas l'incarcération en elle-même qui est drôle, mais plutôt, je l'espère, l'attitude de Duchess envers Hacienda. J'insiste aussi sur le fait que la prison d'Hacienda est un établissement imaginaire, qui propose des retraites de yoga thérapeutiques et des cocktails au bord de la piscine.

La prison est située au Mexique pour la simple raison que, si elle était aux États-Unis, on attendrait de Duchess qu'elle aille lui rendre visite plus souvent, et je ne peux pas penser à l'envoyer voir Hacienda en permanence. J'ai autre chose à faire.

> Bonne nuit à mes zigotos et mes toqués. Bonne nuit à mes chouquettes. Bonne nuit aux acteurs qui incarnent Duchess Goldblatt à Las Vegas.

Votre grâce, titre de livre écarté aujourd'hui : LE GAI PARLER D'UNE TANTE. — Benjamin

Oh, gardez-le ! Faites-moi ce plaisir ! Je ne demande jamais rien. — DG

Si j'ai la chance d'avoir une couverture médiatique à la publication du livre – ou même de faire une tournée – soyez certaine que je ressortirai cette vanne un millier de fois. — B

Votre nom s'est immiscé dans ma conversation téléphonique avec Lyle, aujourd'hui. — DG

J'en suis ravi. — B

Il m'a dit: "Benjamin est un esprit hors pair. Il est tellement incroyable. Si je le pouvais, je l'appellerais tous les jours pour lui poser des questions de bon usage." Et j'ai répondu: "Benjamin est très fan de toi! Il rêve qu'un jour tu débarques à l'improviste pour déjeuner avec lui." Et Lyle a dit: "Je devrais!" J'ai pensé que ça vous éclaterait de savoir ça. — DG

J'en ai les larmes aux yeux. J'ai eu quelques journées difficiles. Vous me redonnez le moral. C'est comme si vous vous en étiez douté. — B

Je viens de le ressentir à l'instant, en fait. — DG

Merci d'être une amie précieuse. — B

> Redressez le dos, attrapez vos orteils et lancez-vous vers le ciel. Oscillez. Je crois en vous, mes tordus. Que votre journée soit belle.

Votre grâce, j'ai rendu la deuxième version de mon manuscrit aujourd'hui. Pour la première fois depuis que j'ai entamé ce projet, je suis en mesure de dire que le livre est complet. Pas terminé, c'est certain, mais en l'envoyant, je ne me suis pas dit: "Il y a encore des vides à combler." Je crois que je pourrais en pleurer. Bonjour. — B

Vous me comblez de joie, Benjamin. Le livre ! Le livre ! Peut-on le considérer comme une œuvre de fiction, afin qu'il puisse remporter le prix Goldblatt ? — DG

Bien sûr ! — B

Tâchez de récupérer la maquette de couverture et faites-la encadrer. Aurai-je l'occasion de rencontrer Mère Dreyer à la soirée de lancement ? Je prendrai vie pour vous, vous savez. Je vous l'ai dit. — DG

Je crois que je ferai encadrer la jaquette entière, quand elle sera prête. (Et oui, vous n'y couperez pas !) Je n'arrive pas à croire que ce soit vraiment en train d'arriver. — B

Croyez-le. Un rêve se réalise. — DG

Votre grâce, bien évidemment, est déjà incluse dans les remerciements. Elle a même son propre paragraphe. On m'a déconseillé de mettre son paragraphe en encadré, on ne peut pas tout avoir. — B

Elle demande pourquoi un encadré et pas un cadre en or. — DG

Je n'ai droit qu'à une seule couleur. — B

Elle estime que sa propre page devrait être en couleur et sur papier glacé. — DG

Blague à part, il semblerait que Random House commence à envisager de pouvoir tirer quelque chose de mon livre, ce qui signifie que la machine est lancée pour eux et moi. Ce qui serait merveilleux. — B

Oui, évidemment. Ce sera énorme. — DG

Bon, je suis reconnaissant d'être publié, et le premier tirage sera sans doute d'au moins 20 000 exemplaires, ce qui de nos jours (RIEN ne se vend à l'heure actuelle) est parfaitement respectable, mais ce serait bien si le livre décollait. — B

Ce sera le cas. J'ai un bon pressentiment. — DG

Faites de beaux rêves. La suite demain. x Benjamin

> Qu'advient-il de vous quand je m'endors? Cessez-vous d'exister ou restez-vous assis immobiles, en silence, à attendre mon retour?

Au fait, je ne plaisante pas quand je dis que je faisais du bon boulot à cette époque. Je parle de vrai boulot, autrement dit, mon boulot dans la vraie vie. Duchess n'a pas d'emploi – vu qu'elle a quatre-vingt-un ans, qu'elle est auteure de best-sellers et aussi, pour des raisons qu'elle n'a jamais révélées, financièrement à l'aise. En vérité, ça m'arrange qu'elle ne travaille pas. Ça simplifie l'intrigue, ce qui est pratique car je n'arrive pas toujours à me souvenir de ce qu'elle a raconté, d'un jour sur l'autre. Ça règle le problème de son emploi du temps et m'évite de présenter d'autres personnages, comme les classiques collègues casse-couilles. À suivre les publications de Duchess, on pourrait croire que c'est une vieille dame libre comme l'air. Elle bavarde avec des inconnus en Nouvelle-Zélande à 2 heures du matin.

Moi, en revanche, je dois travailler tous les jours, et quand je ne travaille pas, je pense au travail. Une façon simple de décrire mon activité serait de dire que je distille les découvertes complexes de chercheurs dans divers domaines en fragments plus courts et plus digestes à l'intention de sociétés prêtes à payer le prix de ce service. Je travaille surtout sur un ordinateur portable dans ma chambre d'amis, et tant que j'arrive à abattre une grosse somme de boulot, tout le monde se moque bien de savoir à quelle heure du jour ou de la nuit je m'y emploie. Lorsqu'il n'y a plus d'horaires, le temps s'étire et se contracte à son rythme. Le plus souvent, je ne sais même pas quel jour on est, surtout quand mon gamin n'est pas avec moi à la maison. J'oublie de manger. J'oublie de m'arrêter. Une ou deux fois par mois, je fais une apparition en guest-star au siège, mais je considère ces jours comme contre-productifs. Je suis incapable de travailler avec du monde autour de moi et me contente de me balader dans les bureaux en discutant le bout de gras avec chacun. Une sorte de Bob Hope remontant le moral des troupes, si vous préférez. Je dois avoir, en ce moment, vingt-sept projets actifs à divers stades de développement, tous clairement répertoriés dans mon esprit. Chaque projet, chaque conversation échangée, chaque détail de mon travail est inscrit sur une feuille de papier dans ma tête, et je passe mon temps à naviguer de l'une à l'autre.

Les conversations que je surprends à la volée sont griffonnées dans les marges, à moins qu'elles ne soient plus intéressantes que la discussion à laquelle je prends part, auquel cas je fais glisser les lignes de ma propre conversation sur la gauche et porte mon regard sur celle que j'écoute en douce, afin d'y prêter plus d'attention. Ce qui signifie qu'il me faut parfois demander à mon interlocuteur de la mettre en sourdine pour ne rien rater de l'autre conversation.

Je perçois les phrases individuelles, celles que j'ai écrites et celles que je vais écrire, ainsi que des paragraphes et des sous-sections, et la mise en page, les éléments graphiques, et les relations entre les gens connectés à chaque projet, leurs noms en lettres manuscrites mais aussi leurs paroles à l'oral transcrites en texte écrit, à côté des messages envoyés et des dates butoirs sur un calendrier : tous ces détails figurent sur la feuille de papier dans ma tête, ils se déplacent au besoin, tandis que mon téléphone repose à côté de moi, et si je remarque mon portable, je le prends parfois par habitude et j'incarne Duchess un moment :

> Quand on dit qu'on va vous "accorder du temps", ça sonne faux. Le temps est un cadeau, pas un instrument à cordes.

Puis j'éteins mon téléphone et je retourne au travail, à ma zone de bonheur : mes projets et les feuilles de papier dans mon esprit.

Notre année fiscale s'est terminée il y a un mois.

Chuck m'a appelée dans son bureau et m'a dit : « Les résultats viennent de tomber. Tu fais encore passer certains d'entre nous pour des tocards.

— Tu voudrais que je ralentisse ? Je pense que c'est possible. Je pourrais faire plus de siestes. Je me sens souvent fatiguée.

— Non, mais je ne m'explique pas comment tu parviens à t'engager sur autant de projets et à les mener à terme. Celui-ci, dit-il en pointant une ligne sur un tableur. Tu as facturé soixante-sept heures, du début à la fin. Toutes nos données indiquent qu'il t'aurait fallu quatre cents heures. Je vais être obligé de raconter au conseil d'administration que tu pratiques une sorte de magie noire suspecte et impossible à reproduire.

— Peut-être que je suis un miracle vivant et que l'univers t'envoie le message qu'il faut m'augmenter », déclarai-je.

Il renâcla.

« Sale gosse.

— Ingrat.

— Diva ! » Mais il souriait. « Voilà la version de toi que j'attendais. Tu assures. Je savais que tu avais cette capacité de nous revenir complètement.

— OK, d'accord, très bien. Laisse-moi donc retourner à mon travail, fripouille. »

Surpasser les performances des autres ne m'intéresse pas. Ce n'est certainement pas ce qui me motive. Je culpabilise même un peu. On m'a toujours appris à ne pas me vanter, à ne pas être fière, à ne pas attirer l'attention. Je n'aime pas que les gens m'observent ou m'approchent de trop près. Les compliments me gênent. Mon plus grand rêve d'enfance, c'était d'être une auteure lue par tout le monde mais que personne ne regarderait droit dans les yeux, or restait le problème d'écrire des livres sans que mon nom apparaisse. (Je pense que j'ai enfin découvert une minuscule faille dans laquelle je vais pouvoir me faufiler, mais : CHUT !)

Mon autre rêve d'enfance, c'était de vieillir seule sur une île déserte ; il me semblait magnifique d'être un vieil homme à longue barbe blanche vêtu de larges tuniques, assis dans le sable sous un cocotier, une éternité à contempler l'océan. Je n'ai pas encore tout à fait trouvé comment réaliser ce rêve-là.

Duchess aime qu'on la regarde, qu'on la célèbre et qu'on l'admire ; elle est même déterminée à ce qu'on le fasse. Elle interfère dans les conversations des autres, elle attire l'attention des gens sur elle.

> Je suis si belle, aujourd'hui. J'en peine à me concentrer. J'ignore comment vous arrivez à travailler quand je suis dans les parages.

Moi, non. Je n'aime pas être vue. Je préfère nettement avoir l'oreille qui traîne, observer les gens, rester au fond de la pièce à proximité d'une issue de secours, au cas où il me faudrait filer en vitesse. Je ne suis pas compétitive, ce qui m'apparaissait avant comme un signe de maturité et je m'en félicitais, mais je me suis rendu compte il y a quelques années que cela pouvait aussi être un signe d'arrogance. Je ne m'intéresse pas assez à ce que font les gens pour être en compétition avec eux. Je me sens non pas en compétition avec les autres, mais en partenariat avec la page. C'est la beauté du travail qui m'intéresse, même si, comme Duchess Goldblatt, et comme la peinture au sable d'un moine tibétain, il est éphémère. Je veillerai au moindre détail tant que j'y travaillerai, et mon cœur n'en souffrira pas quand le vent l'emportera.

> Regarde-moi, cher enfant. As-tu déjà vu plus grand témoignage de l'œuvre glorieuse de Dieu que le visage de Duchess Goldblatt?

La constance avec laquelle Duchess mentionne sa beauté physique est une plaisanterie récurrente, elle appelle les abonnés à reconnaître et à mettre en avant leurs propres talents. Lorsqu'on a recours à l'autodérision, on essaye de neutraliser les critiques avant même qu'elles soient proférées, et cela fait écho à d'anciennes superstitions. Je renie mes dons afin que les dieux ne me punissent pas et ne me les retirent pas.

Duchess a fait le choix inverse. Son vieux cœur est brisé, en miettes, mais le monde est beau et elle l'aime. Elle se grandit autant que possible. Elle rappelle aux gens qu'ils sont mieux que ce qu'ils imaginent, que leurs efforts créatifs ont du sens, qu'ils ont le devoir de faire le bien, de donner le meilleur d'eux-mêmes. C'est en partie la raison qui la pousse à se poser en parangon de beauté physique. Si Duchess Goldblatt affirme être belle, comment ne pouvez-vous pas reconnaître votre propre beauté ?

> Trois heures aujourd'hui à courser un mot, qui a fini dans un arbre. J'ai mis du jambon en boîte dehors, il redescendra quand il sera prêt.

Dites-moi, s'il y avait une compétition entre celle/celui que j'aimerais le plus, Vous ou Votre Livre, qui gagnerait ? — PJ

Le livre, mon amie. — DG

Intéressant. Je crois qu'il y aurait match nul. Mais qui sait ? Pas moi, en tout cas. Merci de m'appeler votre amie. — PJ

Évidemment que vous êtes mon amie. — DG

Chouette. Je ne voudrais pas passer à côté de ça. — PJ

Vous ne passez à côté de rien. Vous savez tout de moi. Vous êtes la personne avec qui j'échange le plus. — DG

Je sais. Je vous crois. J'aime à penser que je reconnaîtrais votre voix ou votre visage dans la foule. Je suis un peu démodée. — PJ

Lyle et moi en avons discuté, et nous estimons que vous ne pourriez pas me reconnaître avant de m'avoir touché les mains et les pieds. — DG

Comme c'est fascinant. Je ferai ce qu'il faut. Et je m'efforcerais de ne pas vous embêter en exigeant d'autres formes de contact. — PJ

Ça changerait quoi pour vous si vous me voyiez marcher d'un pas fier dans la rue ? — DG

Je ne sais pas. Cela semble naturel d'en avoir envie. Quand j'apprécie les gens, j'essaie généralement de les voir, de leur parler. Je suis comme ça. — PJ

Je vois. Vous voudriez me tapoter la tête, j'imagine. — DG

Oui. Et nouer une relation. Je suis prête à vous rencontrer. — PJ

Pourquoi ne pas l'avoir mentionné plus tôt ? — DG

Il me semblait que c'était évident. — PJ

Laissez-moi consulter mes archives. — DG

Parfois, il m'est difficile de trouver le sommeil la nuit car je sais que je me languirai de moi-même, quand je serai partie.

Mon père m'incitait à ne jamais dire de quelqu'un ce que je ne voudrais pas qu'il entende.

« Cela te rendra parfois ennuyeuse dans les conversations, m'expliquait-il. Peut-être que tu es au courant de quelque chose d'intime, de gênant, sur quelqu'un, que tu pourrais raconter à une soirée, histoire de faire rire tout le monde. Il faudra que tu t'en abstiennes. Renonce à cette idée de t'approprier ainsi le rire des autres. Si tu es convaincue qu'il est de ton devoir de ne jamais blesser un autre être humain, alors ce ne sera pas difficile. »

J'ai eu beaucoup de mal à apprendre cette leçon. J'essaie encore de l'intégrer. La blague méchante est toujours là, à ma portée. Elle est facile. N'importe quel connard peut faire une blague méchante. Faire rire sans blesser personne est plus compliqué.

Avec le temps, je me suis aperçu qu'une moquerie visant les défauts ordinaires d'une célébrité, même si cela n'avait rien à voir avec la conversation en cours, impliquait indirectement le lecteur. Les moqueries rabaissent mes lecteurs. Elles me rabaissent, moi.

Quand un artiste célèbre est arrêté pour conduite en état d'ivresse ou qu'un acteur tient des propos débiles, ce sont des proies faciles. Je pourrais susciter des rires. Mais à quoi bon ? Il n'y a là aucun défi littéraire, ni aucune magie. Quand Gertrude Stein disait qu'« il n'y a pas de là, là », elle parlait d'Oakland, mais elle aurait tout aussi bien pu parler des réseaux sociaux. J'essaie de trouver ce qu'il y a de caché là, ou d'y semer un là et de le regarder pousser.

Non, je ne mets pas la barre trop haut en termes de beauté. A vous d'enfiler une plus belle fraise et de pimenter votre regard espiègle.

Je partis quelques jours rendre visite à des êtres chers. Je vous ai dit que Duchess connaissait des gens dans d'autres États qu'elle surnommait, collectivement, son « Homme de l'Extérieur » – autrement dit, qui étaient prêts à recevoir des colis en son nom et à me les transmettre. Cette fois, son Homme de l'Extérieur avait réceptionné plusieurs articles qu'il avait stockés dans le placard de son entrée : des CD et un T-shirt de Dean Sabatino, alias « Dean Clean », le batteur du groupe punk Dead Milkmen ; l'essai de Jason Fagone, *The Woman Who Smashed Codes* ; le roman de Nick Arvin *Mad Boy* ; des bonbons et des chaussettes et le roman *Skin Deep* envoyé par Liz Nugent depuis l'Irlande ; un mug à l'effigie de Duchess.

« Pourquoi les gens t'envoient-ils tous ces trucs ? me demanda mon Homme de l'Extérieur en me remettant tous les colis.

— Ils aiment Duchess.

— Comment ça, ils l'aiment ? Ils ne te connaissent même pas.

— C'est un amour distant, une affection pour la personne que tu crois connaître. Tout comme tu peux aimer n'importe quelle célébrité. Tiger Woods, par exemple.

— Je dirais que j'admire son jeu. Mais je n'irais certainement pas clamer que je l'aime, *lui*, rétorqua-t-il.

— Bon, c'est le premier nom qui m'est venu à l'esprit, au hasard. Disons plutôt Steph Curry, alors.

— Je n'aime pas les Warriors.

— Les quoi ?

— Tu viens de parler de Steph Curry, qui joue pour les Warriors de Golden State.

— C'était juste un exemple. J'essayais de trouver une référence culturelle qui nous parle à tous les deux.

— Mais ça ne te parle pas, à toi. Tu ne sais même pas dans quelle équipe il joue.

— Je sais qu'il est marié avec la chef Ayesha Curry. Elle est craquante.

— Craquante ! » intervint le deuxième Homme de l'Extérieur, qui techniquement n'était pas un homme mais qui remplissait les critères essentiels pour le boulot de l'Homme de l'Extérieur, à savoir posséder un logement dans un autre État doublé d'un enthousiasme à transférer le courrier de Duchess.

« Celle que j'aime bien aussi, comme cheffe, c'est Giada, ajouta l'Homme de l'Extérieur n° 2. Et le jeune, là, tu sais ? Il a publié un livre de recettes.

— Celui avec des cheveux ? dis-je. Ah, non, je vois de qui tu parles. Pas Jamie Oliver. L'autre. Je ne retrouve pas son nom.

— Je vais te dire qui j'aime surtout, c'est Ina Garten, poursuivit l'Homme de l'Extérieur n° 2.

— Qu'est-ce que je disais : on peut aimer une célébrité sans même la connaître de façon personnelle, rétorquai-je.

— Tu n'es pas une célébrité, me rappela l'Homme de l'Extérieur.

— Non, c'est vrai. Mais ne le dis pas à Duchess. »

J'enseigne l'humour à des petits jeunes, ça les aide à se faire des amis. Je mets le paquet! J'ai passé le barreau de Californie grâce à ça.

Le PDG de mon entreprise me croisa un jour au bureau et m'interpella.

« Comment avance votre projet ? » me demanda-t-il.

Je savais pourquoi il me posait la question. On m'avait attribué un projet avec un partenaire externe à qui il avait fait de grandes promesses. C'était un dossier très en vue au conseil d'administration, très important aux yeux de l'entreprise pour des raisons stratégiques. Il était inquiet et souhaitait que tout se passe bien.

En temps normal, j'aurais été un peu mal à l'aise qu'on m'alpague de cette façon. J'aurais bredouillé quelques propos simples, des mots courts, sur un ton défensif : « Ça va. Tout va bien. »

Mais au fond de moi, je fis un pas en arrière et entrouvris très légèrement la porte pour laisser le passage à Duchess. Elle fit une entrée fracassante, comme prévu, et me poussa de côté. Elle s'empara du micro.

« Vous pouvez dormir sur vos deux oreilles, m'entendis-je déclarer au PDG, assez fort pour que tout le monde m'entende. Notre partenaire s'amourache de moi un peu plus à chaque échange, et notre relation s'épanouit. »

Il éclata d'un rire surpris. Il n'est généralement pas très enclin au rire. Quelques personnes autour de nous levèrent la tête pour nous écouter.

« Pourquoi me poser la question ? lui demandai-je. Vous avez eu vent de quelque chose ?

— Rien de négatif, c'est certain. J'ai parlé avec notre cliente ce matin. Elle dit que tout se passe très bien.

— ALORS APPRENEZ À LIRE ENTRE LES LIGNES, FISTON, lançai-je. C'était une déclaration d'amour. »

Et il s'esclaffa de plus belle.

« Bien, dit-il avec un hochement de tête, et il poursuivit son chemin. C'est le genre de propos que j'aime entendre. »

Je tournai les talons et j'aperçus Chuck, appuyé au chambranle d'une porte derrière moi, sourire aux lèvres.

« Te revoilà, me dit-il. Je savais que tu étais cachée là quelque part. »

> N'importe qui peut devenir poète lauréat, de nos jours. 50 centimes, quatre boîtes de Cheerios, un dessin de tortue et le tour est joué.

Duchess, je me souviens qu'avant nos échanges, j'ai dit à voix haute à quelqu'un : "Je n'irai sûrement pas raconter quoi que ce soit à Duchess en privé. Ça pourrait être N'IMPORTE QUI. Impossible de savoir à qui je m'adresse." J'étais très résolue et ferme, sûre de moi et de mes limites. Et puis, je vous ai parlé en privé quand même. — PJ

Intéressant. Mon souvenir est légèrement différent. Il me semble que vous vous êtes montrée obsédée depuis le début. N'est-ce pas vous qui avez fait fabriquer 500 mugs à l'effigie de Duchess ? N'est-ce pas vous qui vous êtes promenée à travers tout Paris en compagnie d'un portrait plastifié de Duchess ? — DG

C'est vrai. Je me souviens de m'être abonnée et de vous avoir trouvée très drôle. Je ne me rappelle pas quand ni comment ni pourquoi vous vous êtes mise à me suivre, à votre tour. — PJ

Oh, je me souviens pourquoi. Je faisais mes emplettes, je cherchais une amie fonctionnelle et émotionnellement stable. Vous avez surpassé bon nombre de candidats. — DG

Nous n'avons commencé à discuter de façon régulière qu'après que j'avais ralenti ma fréquentation des réseaux sociaux. J'étais plus discrète, vous l'avez compris, et ça m'a touchée. C'était un soulagement, quelque chose qui frôlait la grâce. — PJ

Vous m'avez donné un bon conseil. Vous m'avez dit que vous préfériez laisser les autres résoudre leurs propres problèmes. — DG

C'est vrai. Quand j'étais chef à mon ancien travail, les gens venaient me voir avec leurs problèmes à la con, et je les dévisageais d'un air sévère en leur disant: "Comment résoudriez-vous ce problème si je n'existais pas?" — PJ

Excellent. Je vous l'emprunte. — DG

Je vais vous dire un truc très niais, et puis on passera à autre chose comme si de rien n'était. Faites attention quand vous êtes au volant de votre voiture, s'il vous plaît. Je tiens à vous. Je préfère vous savoir en sécurité, vivante et en bonne santé. Il va peut-être falloir que je commence à vous chercher dans le New Jersey. — PJ

Oui, mon lapin. Mais cherchez-moi avant tout dans votre cœur. — DG

> L'Association américaine de psychiatrie me tanne pour me soutirer une citation à insérer en quatrième de couverture du manuel DSM-6.

DG, je viens de lire ce que tu as posté. Brillant, comme d'habitude. — Lyle

Lyle, je pensais à quelque chose de plus drôle mais j'ai peur que ce soit méchant. J'ai le cœur brisé quand je dois me censurer, c'est tentant de la ramener mais DG a pour principe de ne jamais se moquer des autres. — DG

C'est une formidable règle de vie, une leçon pour nous tous. Duchess est très bienveillante. C'est son grand cœur qui pousse les gens à l'aimer. Tu es un ciment invisible formé à base de bonnes intentions. — Lyle

Merci. Je vais te livrer ma théorie sur les moqueries. J'ai présenté l'idée à un groupe de scouts à qui je donnais un cours sur l'utilisation de l'humour pour se faire des amis, et mes propos ont eu un impact sur eux, alors je pense qu'il y a une certaine vérité fondamentale dans tout ça. En racontant une blague aux dépens de quelqu'un d'autre – même une blague gentillette, même si la personne est hors d'atteinte et ne peut pas m'entendre, même si elle n'en saura jamais rien et n'en sera jamais blessée – je rabaisse mon interlocuteur en l'obligeant à l'écouter et je me rabaisse en la racontant. La meilleure plaisanterie sera toujours celle qui ne blesse personne. C'est l'état d'esprit vers lequel je tends. — DG

Je ne pourrais pas être plus d'accord. J'essaie moi aussi de maintenir ce genre de respect envers toute créature vivante. Tu as tout à fait raison. C'est considérer l'autre comme moins qu'un être humain – moins qu'un être vivant et animé de sentiments. Je parie que la blague était drôle. Mais je comprends. C'est toujours mieux de rester dans le droit chemin, je suis d'accord, pas seulement le chemin le plus simple. C'est du très bon boulot. Tu touches vraiment les gens. — Lyle

Merci, Lyle. Ça vaut tout l'or du monde à mes yeux. — DG

Tout comme vous valez tout l'or du monde à mes yeux, votre Grâce. — Lyle

Bonne nuit, cher monde, vieil imbécile. Je t'aime.

23

J'ai trouvé une boîte d'heures passées
au fond du frigo. J'ignore depuis quand elles sont
là. Des heures d'été. Parfumées à la rose.

Il y a une autre personne quelque part dans le monde, une mère, qui aime profondément Duchess. Elles correspondent depuis plusieurs années, un petit message à la fois, puis encore un minuscule message à la fois, comme deux prisonnières échangeant des messages codés en frappant sur le mur de leur cellule. Nous étions devenues proches, j'ignore comment, à travers ces diverses versions tronquées de nous-mêmes. Je m'étais attachée à elle, par l'intermédiaire de ses écrits. Elle s'était attachée à Duchess, comme beaucoup d'autres.

Nous eûmes un jour la chance de nous trouver dans la même ville, et de nous rencontrer en personne. Quand nous pûmes passer un moment toutes les deux, je dus lui avouer que j'étais Duchess. Me tenir à côté d'elle, la regarder droit dans les yeux et ne pas admettre que nous avions correspondu en privé comme deux amies proches se serait apparenté à un mensonge.

Je me penchai vers elle et lui murmurai à l'oreille :

« Duchess Goldblatt, c'est moi.

— Oui, je m'en doutais », répondit-elle avec un hochement de tête.

Je ne lui demandai même pas comment. Si elle n'avait pas besoin que Duchess reste une amie imaginaire, alors moi non plus.

« J'avais tellement envie que tu me prennes dans tes bras et que tu m'appelles mon petit cœur », dit-elle.

Bien sûr que je fus heureuse de la prendre dans mes bras. Bien sûr que je fus heureuse de l'appeler mon petit cœur.

Hier, son enfant est mort, et elle est venue chercher Duchess sur Internet par message privé.

Duchess : Serre-moi fort. Mon cœur n'est plus qu'un immense trou.

Je ressens sa peine à l'autre bout du pays. À une époque, ce chagrin suffocant chez une autre personne m'aurait plongée dans la panique. Je connais le deuil et je sens cette obscurité qui s'amasse doucement dans le cœur d'un autre. Autrefois, il m'aurait été impossible de demeurer immobile avec ce poids en moi. Autrefois, j'aurais pris mes jambes à mon cou.

Mais aujourd'hui, je sais que je suis en mesure de l'accueillir dans mon cœur et d'avoir encore assez de place pour le reste. Si c'est ce que m'a apporté mon propre chagrin – une capacité élargie ; la possibilité de contenir une douleur qui ne m'appartient pas –, si c'était le deal, je l'accepte. Ce n'est pas Duchess Goldblatt qui m'a appris que le chagrin élargirait les contours de mon cœur, mais c'est elle qui m'a montré comment ouvrir mon cœur aux autres. Je ne mène pas la vie que j'espérais – dans chaque fragment de mon vieux cœur brisé, je porte le deuil de cette existence dont j'avais toujours rêvé pour mon fils et moi, de cette famille heureuse que je ne pouvais plus fabriquer à partir d'une poignée de miettes et de bonne volonté – mais c'est sans doute pour cette vie-là qu'on m'a préparée.

Duchess : J'ai besoin de tout l'amour que je peux absorber, et davantage encore. Les gens me répètent que les fêtes de fin d'année seront difficiles, et je me dis, comment peuvent-elles être difficiles quand chaque jour de l'année est difficile. Oh, mais si, les fêtes de fin d'année SONT difficiles.

J'espère que là où tu es, la neige et les nuages te sont cléments, Duchess. J'aimerais pouvoir penser à une seule chose qui te fasse rire.

Puisse cette nouvelle année être meilleure pour nous tous. Je t'envoie mon amour. —

« Elle m'a dit qu'elle t'avait rencontrée dans la vraie vie. Elle a découvert qui tu étais, écrivit un ami commun en message privé à Duchess. Elle m'a dit qu'elle avait découvert ton vrai nom il y a un an environ, mais avoue l'avoir déjà oublié. Ce qui était finalement idéal : te rencontrer avait été une expérience incroyable, il fallait te laisser retourner à ta goldblattitude totale.

— C'est parfait, répondis-je. Il ne reste rien d'autre que Duchess. »

Bonne nuit, fripouilles, apollons et ermites.
Bonne nuit, cinglés, fêlés et crapules.
Bonne nuit à tous les bibliothécaires du monde.

Il faut vous équiper d'une caméra GoPro. — PJ

Pourquoi ? — DG

J'ai envie d'observer votre vie. J'ai envie de regarder le visage des gens autour de vous. — PJ

Je ne fais que travailler. Parfois, je me pavane en racontant des trucs drôles. — DG

Vous savez comment vivre. Je veux devenir votre amie. — PJ

Je suis sûre qu'après m'avoir rencontrée, vous me quitterez. — DG

Je suis sûre que vous vous trompez. Qu'est-ce qu'il y a chez vous (ou chez moi !) qui vous pousse à penser que je vous quitterais ? — PJ

C'est inscrit dans mon cerveau. Tout le monde finit par partir, tôt ou tard. — DG

C'est un thème récurrent de votre vie. Il faut changer ça. — PJ

Je suis allée déjeuner avec plusieurs personnes et je me suis rendu compte d'une chose, PJ, je m'en suis rendu compte. — DG

De quoi ? — PJ

Que je n'ai jamais mangé de beignets au crabe un tant soit peu corrects. Je m'attends toujours à ce qu'ils soient meilleurs qu'ils ne le sont. — DG

J'évite toujours d'en commander. Je sais que c'est un piège. — PJ

Pareil avec les lobster rolls. Et puis les homards sont intelligents. Ils lisent des bandes dessinées. — DG

Ils ont un QI de, quoi, 43 ? — PJ

Entre 90 et 150. — DG

Je viens de faire une recherche sur Google. Ils sont aussi intelligents que les pieuvres. — PJ

Ils peuvent passer l'examen du barreau dans le Connecticut. Certes, ils n'arrivent généralement pas à rassembler les sommes nécessaires pour payer les frais d'inscription. — DG

Je reconnais bien là ma Duchess. Avant de partir, je vais vous raconter quelque chose au sujet de la confiance. Voilà comment ça se passe : mieux vaut être fidèle à une relation qu'à une personne. Car si la personne vous déçoit ou vous laisse tomber (et il/elle le fera !), vous vous direz : "Rien ne va plus !" Et vous vous sentirez libre de briser les liens de confiance, ou les serments d'intimité, ou de vous montrer déloyale d'une manière ou d'une autre, petite ou grande. Ça vous servira de prétexte. Si vous vous engagez sur la relation, c'est à elle que vous êtes fidèle. La même chose vaut pour l'amitié. C'est ce que je vous encourage à faire. — PJ

24

Bonne nuit, mes amis. Essayez de ne pas tomber encore plus désespérément amoureux de moi ce soir.

Quand j'obtins mon diplôme d'université, je ne comptais pas assister à la cérémonie de remise. Je me disais qu'ils pourraient m'envoyer le papelard plus tard, ou pas. Peu m'importait. Mon père était mort. Je n'avais pas le courage d'y aller sans lui.

Une semaine ou deux avant la cérémonie, mon professeur préféré, Al, me prit à part.

« Je sais que vous ne viendrez pas à la remise des diplômes, dit-il. Mais si vous changez d'avis, appelez-moi. Même à la dernière minute. J'aurai une toge et une coiffe de cérémonie pour vous. Je m'occuperai de tout.

— C'est très aimable. Mais je ne pense pas en avoir la force. Aucun intérêt à y assister sans mon père. Ça ne m'importe plus.

— Je suis sûr que votre père aurait voulu que vous y alliez.

— Sans doute.

— Très bien. Je ne vous force pas. Mais réfléchissez-y. »

J'y réfléchis donc, et au dernier moment, j'ignore

pourquoi, je décrétai : Bon, peut-être que je devrais y aller, au moins pour moi-même. Je téléphonai à Al chez lui, sa femme décrocha. Quand je me présentai, elle s'écria :

« Je vais le chercher. Il attendait votre appel. »

Al gara sa Volvo gris argent devant mon appartement. Il descendit de voiture en portant un immense bouquet de fleurs pour moi, ainsi que la toge et la coiffe de cérémonie, comme promis. Je crois que je suis montée sur l'estrade et que j'ai reçu mon diplôme, ce jour-là ; je ne m'en souviens pas. Je l'ai sûrement fait. Personne n'était venu avec moi, ce qui n'avait rien d'étonnant. J'avais dit à tous mes proches encore en vie de ne pas venir, et naturellement je ne m'étais liée d'amitié avec personne pendant mes années d'université. Je n'avais fait qu'étudier, j'avais obtenu une bourse et j'avais un emploi pour boucler mon budget, et la santé de mon père s'était brutalement dégradée. Il avait besoin de soins quotidiens.

Al était mon ami, mais c'était aussi un des professeurs les plus appréciés du campus. Il était l'ami de tout le monde. Après la cérémonie, Al évita la foule d'étudiants en quête d'une étreinte cordiale ou d'une photo avec lui, et nous retournâmes ensemble à sa Volvo. Il roula jusqu'à un parc voisin, puis il sortit un pack de bières.

« Allons marcher un peu et nous asseoir en haut de la colline, dit-il. Vous me raconterez pour votre père. »

C'était si gentil, si inattendu. Il avait repoussé tout le monde le jour de la cérémonie des diplômes pour passer ce temps-là avec moi. Alors que je raconte cette histoire des années plus tard, on pourrait penser que nous étions proches. Ce n'était pas le cas. Il me connaissait à peine. Il aurait fait pareil pour n'importe quel élève de quatrième année. Si vous vous êtes jamais demandé ce qu'il faut dire à quelqu'un qui pleure la perte d'un être cher, je pense que la réponse est la suivante : *Raconte-moi tout sur celui que tu aimais tant.*

Parfois, je pense à quelque chose de si drôle que j'éclate de rire toute seule. Et à ce moment précis, je sais que vous êtes avec moi.

Chère Duchess :

J'ai lu ta citation de Frank Delaney, "Quand vous n'avez personne pour vous enlacer, enlacez-vous vous-même." Ça m'a surpris. Te connaissant, et sachant combien tu es proche de tes abonnés, combien tu passes tes bras autour d'eux, j'aurais imaginé qu'il dise plutôt : "Enlacez les autres."

Car c'est ce que tu fais, voilà pourquoi Duchess est importante. Duchess a peut-être commencé par un geste égoïste, mais tout le monde y trouve son compte. Si en étant Duchess pour toi-même, tu parviens à aider les autres, à leur donner une voix, à leur donner l'impression qu'on tient à eux, alors tu as trouvé l'équilibre parfait dans la vie.

Je ne pense pas que Dieu ait créé le monde par altruisme. Je pense que c'était plus dans l'idée "Eh, je me demande ce qu'il se passerait si je… hmmm, oui, ce serait amusant."

La personnalité d'un auteur peut-elle modifier l'intérêt qu'un lecteur porte à son œuvre littéraire ? Je pense que oui. C'est un élément qui me vient souvent à l'esprit quand je songe à mes chansons et à leur interprétation en concert. Le public me considère-t-il comme un personnage de mes chansons ? Quelle importance cette perception tient-elle dans leur intérêt pour ma musique ? Je pense que tout est lié.

Fidèlement, depuis le bus de tournée, quelque part à Greensboro, en Caroline du Nord,

Lyle

Lyle,

Je pense qu'on peut s'attacher à la personnalité d'un artiste. Je pense que les fans te perçoivent comme un personnage de tes chansons mais pas un personnage figé, si tu préfères. Dans "Creeps Like Me", on sait bien que ce n'est pas toi, le sale type ; mais tu transparais, avec ton humour et ta finesse, dans cette voix. Et l'ensemble de ton œuvre ainsi que ton attitude sur scène, ton élégance et ta douceur, ta générosité envers les autres musiciens – la somme de tout ça, oui, je pense que c'est révélateur, et important.

xo — DG

Ça fait du bien de te lire, comme toujours.

Je suis enthousiaste à l'idée de ton livre. Le monde en a besoin. J'en ai besoin.

Ton ami,

Lyle

> Fermez les yeux, visualisez votre objectif. Quand il a le dos tourné, chopez-le par la peau du cou et jetez-le dans la réalité.

La veille de la sortie de son premier livre, *Dreyer's English*, Benjamin Dreyer organisa une soirée de lancement sur la 42e Rue et invita Duchess. C'était une mini-fête rassemblant ses amis proches et sa famille, mais Duchess

Goldblatt lui avait promis des années plus tôt de prendre vie pour cette occasion.

Je me tenais au fond de la salle et j'attendais qu'il me remarque, et comme il n'avait pas l'air de se diriger vers moi, qu'il ne m'adressait pas le moindre regard, je finis par me glisser à ses côtés, épaule contre épaule. Je ne levai pas les yeux vers lui mais je lui tirai subrepticement la manche au niveau du coude.

« Benjamin, murmurai-je tout doucement. C'est moi.

— Je sais que c'est toi. »

Je désignai le long foulard enroulé plusieurs fois autour de mon cou :

« J'ai mis une fraise afin que tu me reconnaisses », expliquai-je.

Il éclata de rire et ses yeux s'embuèrent en même temps. Il m'emmena dans une autre pièce, à l'écart de la fête.

Une fois seuls, il dit : « Tu es tout ce que j'avais espéré, et même davantage.

— Davantage ? Comment ça, *davantage* ?

— Tu es réelle. Tu es quelqu'un de bien, et d'honnête, et tu es ici. Et tu es réelle. »

> Bonjour, mes tranches de bonté sur pattes.
> C'est reparti pour un tour sur notre axe de rotation.
> Voyons ce que nous ferons, cette fois.

La soirée terminée, il me restait une chose à faire avant de quitter New York. Je me rendis dans un minuscule restaurant italien de Hell's Kitchen et me frayai un chemin parmi les clients massés au bar jusqu'à une petite table du fond où m'attendait mon vieil ami James. Je lui glissai un contrat de confidentialité sur la table.

James leva les yeux au ciel.

« Ça fait combien de temps qu'on est amis ?

— Allez. Signe, c'est tout. Et puis je pourrai te raconter ma bonne nouvelle.

— D'accord. » Il signa et ajouta : « Tu as intérêt à ce qu'elle soit vraiment bonne.

— J'ai trouvé un éditeur.

— Mais c'est génial ! » s'écria-t-il en attrapant mes deux mains pour les serrer dans les siennes.

Il leva son verre de vin et porta un toast, puis soupira.

« Mais merde, quoi. Tu sais pourtant que Duchess Goldblatt, c'était mon nom de drag-queen.

— Je sais. Mais tu ne t'en servais pas.

— Non. Et je n'allais jamais m'en servir. Et puis tu en as vraiment fait bon usage. »

> Bonjour, mes pastilles au citron vert. C'est le Samedi de l'éphémère, où l'on se remémore que rien de bon n'est éternel, ni rien de mal.

« Alors ça y est, Benjamin connaît ton vrai nom ! me lança Lyle au téléphone, quelques jours plus tard.

— Tu sais quoi ? À bien y réfléchir, je crois que je ne lui ai pas dit mon nom.

— Comment ça, tu ne lui as pas dit ? Comment tu peux rencontrer quelqu'un et ne pas lui donner ton nom ?

— On n'a pas abordé le sujet.

— Tu as fait toute la route jusqu'à New York pour assister à sa soirée, le rencontrer, et tu n'as pas pensé à lui dire ton nom ?

— Il ne me l'a pas demandé.

— Alors comment est-ce qu'il t'a appelée pendant la soirée ?

— Je ne sais pas trop. On est tombés joyeusement dans les bras l'un de l'autre, il m'a enlacée, il m'a embrassée sur la joue et on a pleuré. Je crois qu'il m'a appelée Votre Grâce.

— C'est la meilleure, le truc le plus dingue que j'aie jamais entendu… » dit Lyle.

25

> Quand j'ai besoin de beauté infinie, je ferme les yeux et j'écoute. Elle entre alors en douce par la petite porte.

« Tu penses que si ton frère était encore en vie aujourd'hui on arriverait à l'aider ? » me demanda un jour mon cousin Warren.

Je savais ce qu'il voulait dire. Je me posais moi-même la question. Les médicaments et les traitements dont on dispose aujourd'hui sont bien supérieurs à ce qu'on proposait à l'époque, même dans les meilleurs hôpitaux. Et les connaissances sur le cerveau, la biochimie et les addictions sont bien plus développées de nos jours.

« Peut-être ? répondis-je. S'il était pris en charge assez tôt. Je ne sais même pas si un diagnostic a jamais été posé. Je ne crois pas qu'il soit resté assez longtemps dans un hôpital pour ça, ou qu'il ait été assez coopératif pour que les médecins identifient le problème. Et si on lui a communiqué un diagnostic quelconque, personne ne m'en a jamais parlé. C'était si difficile d'interagir avec lui. Il refusait la main qu'on lui tendait ; il ne voulait pas aller mieux. Tout le temps que je l'ai connu, il ne voulait qu'une seule chose, mourir.

— Même enfant ?

— Je ne l'ai pas connu enfant. Dans mes plus anciens souvenirs de lui, je devais avoir cinq ou six ans, et lui quinze ou seize ; et oui, il était déjà suicidaire à cette époque, il affichait déjà de sérieux symptômes de maladie mentale. Les gens le remarquaient, évidemment, mais je pense que personne dans son entourage n'était en mesure de comprendre ce qu'ils voyaient. Mes parents ont cherché à l'aider plus tard. Ils l'ont fait interner ; les gens ont essayé de l'épauler. Mais il était si brillant, et je ne vois pas comment on aurait pu lui porter assistance alors qu'il refusait tout en bloc. Il était bien plus intelligent que tout le monde. »

Il cilla. Il avait connu mon frère.

« Plus intelligent ? Tu exagères. C'était un malin, c'est sûr, mais rien de plus. »

Ces propos me firent l'effet d'un véritable choc. Dans la maison de mon enfance, personne n'aurait osé remettre en cause l'intelligence de mon frère. Il était l'un des plus grands esprits de sa génération. Dans le top dix, du moins.

« Il était brillant. Une vedette, dis-je. Un génie.

— Quoi ? Je ne vois pas où tu es allée pêcher ça. Je dirais même que tu étais…

— Non. »

Je ne pouvais pas entendre ça. Mon cœur battait la chamade. C'était presque un blasphème. Personne n'avait jamais, jamais douté de la supériorité indéniable de mon frère. C'était lui, l'être extraordinaire. Je travaillais plus dur, j'étais celle qui faisait de son mieux, mais c'était lui, l'élu.

La nuit de ma naissance, la lune était rousse. On m'en avait toujours raconté la signification : une fille était un cadeau du ciel dans une famille. J'étais censée prendre soin de lui.

> Un sac d'ellipses m'est tombé des mains.
> Et voilà, je ne sais plus où commencent les choses
> ni où elles finissent.

26

La nuit est belle. Je vais continuer la lecture de vos journaux intimes. Vous verrez où vous vous êtes trompés grâce au suivi des corrections.

« J'ai lu ton livre, dit ma tante. Plusieurs fois. J'étais sur le point de l'entamer pour la huitième fois, mais j'ai préféré te téléphoner à la place.

— Ah ?

— À chaque fois que je le lis, Duchess m'enseigne quelque chose de nouveau. »

Nous éclatâmes de rire. Ah, cette Duchess !

« J'ai de la peine à lire les passages sur la famille, évidemment, ajouta-t-elle.

— Oui, je suis désolée. Je sais que c'est douloureux.

— Ça m'est très douloureux. Je ne peux qu'imaginer combien ça a dû l'être pour toi. Les passages avec ton frère – je crois que je ne me rendais pas compte à quel point ça n'allait pas. Avec le recul, j'ignore comment j'ai pu ne pas le voir. Pourquoi ? Je suis tellement furieuse contre moi de ne pas t'avoir aidée davantage pendant ces années d'adolescence. Je me souviens du jour où tu es allée le chercher à sa sortie de l'hôpital. Pourquoi est-ce qu'on t'a laissée le faire toute seule ? J'aurais dû être plus présente.

— Non, rappelle-toi comme mes parents le surprotégeaient. Ils tenaient à ce que personne ne sache. Ils ne t'auraient jamais laissée approcher.

— N'empêche que j'aurais dû le voir. Et puis, les passages sur ton père… » Elle marqua une pause. « Je sais combien tu l'aimais. On l'aimait tous. C'était un homme merveilleux.

— Oui.

— Mais ton père n'était pas parfait. Il avait des défauts, comme n'importe qui.

— Je sais. »

Elle allait ajouter quelque chose mais se ravisa, puis reprit :

« Duchess est si unique. Mais Duchess, c'est toi. C'est ta voix. Tes idées et ton humour. Elle n'est pas ton père. Tout comme mes enfants ne sont pas moi. Tu lui attribues tous les mérites de Duchess, et je sais que c'était un homme incroyable… Mais, ma chérie, Duchess, c'est toi.

— Oui. »

On sait.

> Je n'ai rien contre une narratrice peu fiable ou indigne de confiance, du moment qu'elle est ponctuelle.

« Certains de tes abonnés sont venus au concert, hier soir, me dit Lyle au téléphone en énumérant une série de noms. Grâce à toi, April et moi avons fait la connaissance de gens incroyables. C'est fou le nombre de personnes que tu nous as fait rencontrer. Tu es comme un révélateur de pH, en fait… Si ces gens te suivent sur Internet, je peux être certain qu'ils seront sympas, qu'ils seront attentionnés, drôles et intelligents. C'est l'essence de ton livre : la communauté que tu as créée autour de Duchess.

— Ah bon ?

— Je le pense, oui. Où en es-tu, d'ailleurs ? demanda-t-il.

— Eh bien, plusieurs personnes l'ont lu.

— Et ?

— Tu n'imagines pas avec quelle attention elles l'ont lu, Lyle. Quel bonheur de voir son travail lu avec autant d'attention ! Je ne m'y attendais pas du tout. Elles m'ont fait quelques suggestions pour l'améliorer, et j'ai pensé…

— Non. Non.

— Mais leurs arguments étaient recevables et…

— Non. Tu ne dois rien changer. Tu es Duchess Goldblatt. Tu sais mieux que personne ce que tu dois écrire.

— Deux personnes m'ont demandé si je pouvais faire en sorte de trouver une fin plus heureuse.

— Une fin heureuse ? Mais ce n'est pas le but ! Laisse-moi juste te dire un truc : essaie d'ajouter quelques scènes de sexe avec Duchess. Ça devrait faire l'affaire. »

Je ris. Elle adorerait l'idée.

« J'essaie de me fabriquer une fin heureuse dans la vraie vie, ça me permettrait de conclure mon livre sur une fin heureuse, dis-je. J'ai fait pas mal d'efforts dans ce sens.

— Je suis sûr que ton livre est parfait.

— J'apprécie, Lyle, vraiment. Mais n'oublie pas que tu ne l'as pas encore lu, fus-je contrainte d'ajouter.

— Je n'ai pas besoin de le lire. Je sais qu'il est parfait.

— Ton enthousiasme me fait chaud au cœur, Lyle.

— Termine ton livre. Le monde a besoin que tu le termines.

— Tu es un véritable ami, tu le sais ? demandai-je. Je n'en ai pas eu beaucoup, des comme toi.

— Tu es une de mes rares véritables amies, toi aussi, dit-il. Tous les autres ont un bulletin de salaire. »

J'éclatai de rire, et il ajouta, non, ce n'est pas vrai. Il plaisantait. Mais je comprenais ce qu'il voulait dire. Notre amitié était pure, comme celles que l'on forge dans notre enfance. Avez-vous déjà vu deux bambins courir ensemble ? Ils ne cherchent qu'une seule chose, extraire le plus grand amusement possible de cet instant précis. C'était ça, notre amitié.

> J'aimerais faire une apparition dans vos rêves, cette nuit. En vous endormant, réservez-moi un petit espace vide dans votre esprit.

Le jour où je trouvai un éditeur, je décrochai mon téléphone pour en parler à mes amis, et je fus estomaquée de me rendre compte du nombre de personnes que j'avais envie de contacter : Lyle, Chuck, Jackie, mon oncle et ma tante, bien sûr, mais aussi de nouveaux amis du travail, du quartier, de l'école de mon fils, Benjamin Dreyer et PJ, Elizabeth McCracken, des amis auteurs et éditeurs, des artistes, des musiciens, des cinglés si aimables. Je me mis à regarder le monde autour de moi et je m'en rendis compte : j'avais à nouveau des amis. Je m'étais reconstruit une civilisation sur les cendres de la précédente.

J'apportai mes bijoux chez un joailler : ceux qui me restaient, ceux que je n'avais pas déjà vendus au fil des années précédentes.

« Je voudrais échanger ces deux-là, dis-je en poussant

mon alliance et ma bague d'anniversaire de mariage sur le comptoir. Ce sera un apport pour mon nouveau projet, mais assurez-vous de les fondre. N'essayez pas de les revendre en l'état. Elles portent la poisse. »

Il releva le menton, sans manifester le moindre accord ni désaccord. M'indiquant juste qu'il avait entendu.

« Et ces pierres-là, j'aimerais les assembler sur une bague pour la main droite, lui indiquai-je en déposant devant lui tous les bijoux de famille. Une bague qui porte un message. J'ai quelque chose à fêter.

— Ce sera superbe. Mais il me semblait que vous n'aimiez pas le clinquant.

— Je n'ai aucun problème avec le clinquant », dis-je.

Il souleva le plus gros saphir. Même sans loupe, il en voyait les défauts.

« Il y a des éraflures sur celui-ci.

— Bien sûr. Il est vieux. Mon père me l'a offert quand j'avais douze ans. »

Je lui montrai un croquis que j'avais dessiné, d'une bague sertie de joyaux en un motif asymétrique.

« Ah, vous imaginiez quelque chose de très déconstruit », remarqua-t-il.

J'acquiesçai : « Comme un sentier tortueux.

— Tortueux. Très bien. Donc toutes les pierres sont bleues et blanches, mais venant de différents bijoux, vos bleus ne sont pas tout à fait assortis. Si vous gardez cette palette de nuances tout en restant dans la même famille, il serait plus logique de jouer sur une perspective en dégradé. En ajoutant peut-être deux saphirs plus petits d'un bleu plus clair, ou légèrement vert, afin de lier l'ensemble. » Il sortit une boîte de crayons de couleurs et entreprit de sélectionner des bleus et des verts afin de dessiner. « J'adore quand les gens imaginent un nouveau bijou à partir d'un ancien. Pourquoi ne pas utiliser ce que l'on a déjà pour créer de la beauté ?

— Et je voudrais y faire graver une phrase qui me tient à cœur, ajoutai-je.

— Bien sûr. » Il leva son crayon et attendit.

« Festoyer de la carcasse de mes ennemis. »

Le vieux bijoutier me lança un coup d'œil par-dessus ses demi-lunes.

« Il va nous falloir un anneau plus large. »

> L'autocorrection, ça s'entretient, sinon ça meurt.
> Oubliée des générations futures, comme
> l'automutilation ou l'autoabsolution.

C'est Lyle qui m'a donné confiance en moi, m'a persuadée que si je projetais ma lumière intérieure vers l'univers, d'autres lueurs se refléteraient vers moi. Et ô surprise ! Plus Duchess et moi nous fondions en une seule et même personne, plus nos voix se sont entremêlées, et plus ma véritable tribu a su me trouver. Imaginez un peu.

J'aurais aimé comprendre cela plus tôt. Je suis déjà vieille. J'ignore comment c'est arrivé ; j'ai tout fait pour être prudente, pourtant. Je vais écrire à Frank Delaney, pour lui dire que je vais bien, à présent, que mon cœur est en paix, que j'ai appris à m'enlacer moi-même. J'ai cessé de mettre les gens à distance, Frank, du moins un peu. J'ai appris à repérer un nouvel ami quand j'en vois un gambader à l'état sauvage. J'ai trouvé ma voix. Duchess vit toujours à Crooked Path, Hacienda restera à tout jamais dans sa prison mexicaine – à elles deux, elles arrivent à faire ployer l'espace et le temps, à organiser ensemble une vente de gâteaux le week-end, au profit de l'Académie Dorothy Parker pour jeunes filles – mais Duchess ne répond plus à tout le monde. Elle s'efface. J'ai appris à reconnaître ces sonorités qui transmettent de soudaines exactitudes car depuis toujours, c'est moi, moi seule qui chante ma propre chanson afin de me tenir compagnie. Je vais bien, et mon fils ira bien, et c'est pour cela que nos ancêtres priaient.

Quand je me suis installée pour écrire à Frank Delaney, j'ai découvert à mon immense regret qu'il était décédé quelques mois plus tôt des suites d'un infarctus. Je n'ai jamais eu l'occasion de lui dire tout cela. Alors c'est à vous que je le raconte : mes fripouilles, mes zigotos, mes chéris.

Longue vie à Duchess Goldblatt.

Remerciements

Mes plus sincères remerciements aux premiers lecteurs de ce livre, notamment mon oncle et ma tante adorés, dont les noms sont gravés à jamais dans la paume de mes mains. Benjamin C. Dreyer m'a apporté ses conseils inestimables, mais aussi ses encouragements enthousiastes. Howard Mittelmark m'a fait des suggestions qui se sont révélées essentielles. Il n'existe aucun triumvirat de soutien plus impressionnant que Lyle Lovett, Elizabeth McCracken et Rebecca Makkai : je suis riche au-delà de toute espérance, avec ces personnes aimantes et brillantes que j'ai l'honneur d'appeler mes amis.

Elizabeth McCracken a été la première à me soutenir, mais sachez que je l'aimais depuis toujours.

Ce rêve ne se serait jamais réalisé sans le soutien d'une équipe de super-héros chez Houghton Mifflin Harcourt, qui l'ont porté avec toute leur énergie, leur passion et leur savoir-faire : Helen Atsma, Bruce Nichols, Emma Gordon, Hannah Harlow, Lori Glazer, Erin DeWitt, Jenny Xu, Jenny Freilach, Allison Chi et Pilar Garcia-Brown. Naomi Gibbs, éditrice d'une force et d'une grâce peu communes, a été ma lumière, mon phare dans la nuit.

Je demeure éblouie par l'appui de mes deux anges gardiens : mon arme secrète, Lucy Carson de la Friedrich Agency, qui a mené chaque assaut tout en protégeant mon vieux cœur fatigué ; et l'éditrice Lauren Wein, qui m'a pris la main dans l'obscurité et m'a guidée vers l'aube. *Comment je suis devenue Duchess Goldblatt* n'existe que grâce à Lucy Carson. Si vous percevez clairement la beauté et la vérité dans ce kaléidoscope, c'est en grande partie grâce à Lauren Wein.

Ma plus tendre affection à tous mes chers amis virtuels dont la gentillesse à travers le monde a éclairé le chemin vers Crooked Path, aller et retour. Je suis sûre à 100 % que vous m'avez apporté bien plus que je ne vous ai jamais offert.

CET OUVRAGE A ÉTÉ ACHEVÉ D'IMPRIMER
PAR NORMANDIE ROTO IMPRESSION S.A.S.
À LONRAI, EN MARS 2022, POUR LE
COMPTE DES ÉDITIONS LA TABLE RONDE.

ISBN : 979-10-371-0789-3
Dépôt légal : avril 2022.
N° d'édition : 374296.
N° d'impression : 2201107.
Imprimé en France.

Madeline Hunter

Professeure d'histoire de l'art à l'université, Madeline Hunter est auteure de romances historiques à succès. Traduite dans douze langues, elle a été récompensée deux fois d'un RITA Award pour ses histoires profondes et sensuelles. Elle vit aujourd'hui en Pennsylvanie, avec son mari et leurs deux fils.